O ever youthful
O ever weeping

永远东张西望 永远热泪盈眶

黄镜滔 著

WUHAN UNIVERSITY PRESS
武汉大学出版社

不负我心 不负我生

目录

contents

O EVER
YOUTHFUL
O EVER
WEEPING

01. 劈腿女闺密的桑葚先生

桑葚先生站在卫生间的镜子前，直视自己那张疲惫且憔悴的脸。胡须已经很长了，一根根倒刺般往外延展。

他用电动剃须刀反复地把脸刮了又刮，直到用手摸去感觉不出刺手这才作罢。

剃完胡须的他，恢复了一个年轻男子该有的精神状态，不同于之前那般像一口堆满淤泥的井。

可他的灵魂依旧是溃疡的，他的内心充满了恐慌与焦虑，他很想找一家酒馆，一杯接一杯地喝苦艾酒，直到把自己灌得不省人事。

之所以是苦艾酒，是有典故的。

桑葚先生和她的未婚妻从初中就在一起了，经过十年爱情长跑，终于到了谈婚论嫁的时候。

订婚仪式上，他们的共同好闺密力娇小姐开玩笑说，你们这十年爱情长跑，历经那么多挫折坎坷，以及现实的重重围剿，可称得上“苦爱”了，理应交杯喝一杯“苦艾酒”，敬这段苦涩的年华！

此话一出，看客们纷纷起哄，于是桑葚先生和她的未婚妻只好就范，就着略带苦味的酒一饮而尽。

想起订婚仪式上大伙忘情的欢笑，对比当下的凄凉处境，桑葚先生感到内心被切割得纵横交错，刻满了懊悔的苦与痛。

这一切都是他咎由自取，只因他背叛了这段美好的感情，与力娇小姐滚了床单。

力娇小姐是位职业模特，她不仅貌美如花，身材也一级棒。从小练健美操的她，小腹有着完美的马甲线，性感得令人窒息。

大学毕业后，力娇小姐只身一人来到上海，开始参加各种选秀节目，渐渐地崭露头角，被一家模特经纪公司相中，成为了一名专职模特。

可以说，她的人生到她成为专职模特前，都称得上顺风顺水。

从初中开始，力娇小姐就是班上的班花。或许是遵循“红花需要绿叶配”的原则，出众的力娇小姐选择和相形见绌的苦艾小姐成为闺密。

苦艾小姐长相身材都不及力娇小姐，自然有些自卑，每日跟在力娇小姐身后的她，总有一种女仆追随公主的小心翼翼的架势。

身为班花，力娇小姐自然获得了许多男生的暗恋，初三那年转学过来的桑葚先生也不能免俗，很快就加入了暗恋大军。

桑葚先生虽然相貌平凡，成绩一般，但人却有些小聪明。他知道以自己的条件，想要追求到“班花”无异于痴人说梦。经过一番思考，他决定从苦艾小姐下手，和苦艾小姐先成为好友，然后再进一步接近力娇小姐，相当于“借船出海”。

苦艾小姐由于自卑的缘故，面对桑葚先生的贴近，几乎没有抵挡，在她看来，桑葚先生就像一道明媚的春风，吹开了她的心扉。

桑葚先生对苦艾小姐大献殷勤，一度让班上的同学产生了桑葚先生在追求苦艾小姐的错觉。

和苦艾小姐混熟后的桑葚先生，自然而然和力娇小姐相处的时光也变多了，他开始时不时地对力娇小姐展开柔情攻势，对她的体贴润物细无声。

敏锐的力娇小姐一眼就看穿了桑葚先生的小把戏。

在一次放学后，力娇小姐把桑葚先生单独约了出来，赤裸裸地告诉他，如果想继续和她做朋友，就必须成为苦艾小姐的男朋友。

“为什么?”桑葚先生目瞪口呆。

力娇小姐很霸道地说：“没有为什么。”

“你知道我是喜欢你的吧?”桑葚先生鼓起勇气说。

“知道。”力娇小姐的眼神如寒冰之刃，猛烈地划过他的心，“但我不喜欢你。”

桑葚先生面色黯然："我知道了……"

"可是苦艾小姐已经喜欢上了你。"力娇小姐皱着眉说，"作为她的闺密，我不希望她受到伤害，所以你最好把她追到手!"

"如果我不愿追她呢?"

"不好意思，那我们就连朋友也做不成了。"力娇小姐摊开手，"以后就形同陌路吧。"

好不容易桑葚先生才成为可以和班花搭上话的人，如果就这样出局，他太不心甘了。

"好，我会成为她的男朋友的……"桑葚先生咬牙道。

说到做到的桑葚先生，很快就和苦艾小姐表白了。

苦艾小姐受宠若惊地答应了，毕竟在她看来，平凡的自己能够有男生垂青本就是一件值得庆幸的事，她没有资格像漂亮的力娇小姐那样挑挑拣拣。

三人行就这样开始了，他们一起学习，一同玩乐，一并直升至同一所高中。

对于苦艾小姐而言，高中是段难忘同样也难熬的时光，繁重的课业压得她喘不过气来。

相比之下，力娇小姐就幸运许多。从小就练健美操的她，在高一荣获全国健美操季军，成为了国家一级运动员。

健美操特长为力娇小姐加了不少分，让她得以通过了一所一本大学的保送生面试，成为了不用挤高考独木桥的幸运儿。

而苦艾小姐就没有这种幸运了，她必须熬夜苦读，才能实现一个一本大学的梦。

但并不是所有的努力都能换来想要的结果，最后苦艾小姐依旧只考上了一所三本大学。桑葚先生倒是超常发挥，考上了一所二本大学。只有力娇小姐风风光光，入驻一本大学。

所以说，力娇小姐的人生到她成为专职模特前，都可以称得上顺风顺水，完全把苦艾小姐甩开几条街。

就读了一所三本大学的苦艾小姐，开始被桑葚先生的妈妈瞧不起。

桑葚先生的妈妈在一次家庭聚会上对桑葚先生说："听说你谈的那个女朋友才考上个三本大学？"

"是啊，怎么了？"

"这种女孩子谈谈恋爱就行，千万不要娶回家。"桑葚先生的妈妈语重心长地说，"配不上我们家庭。"

"我们家庭又没好到哪里去……"桑葚先生耸耸肩。

"我的儿呀，这你就不懂了吧！"桑葚先生的妈妈神神秘秘地说，"我刚得到小道消息，我们这房要拆迁啦！"

"你自己都说了是小道消息，不可信啦！"桑葚先生摆摆手。

"不管你信不信！"桑葚先生的妈妈得意地说，"那时候我们就是千万富翁啦！"

桑葚先生"呵呵"笑了几声，完全没把这件事放在心上。不过他还是犯浑地将此事说给了苦艾小姐听，说他妈妈嫌弃她的学历。

其实他的初衷只是想激励苦艾小姐，让她更加努力。但苦艾小姐听在耳里，只觉得刺耳。

自尊心受到伤害的她，发誓一定要在考研的时候扳回局面！

“即使并不是每一次的努力都能换来想要的结果，可不努力就一定不会有结果！”她这样告诫自己。

当大家在大学里沉迷于各式各样的娱乐活动时，只有苦艾小姐在努力上进，继续在知识的海洋里拼搏。

这一次，命运没有辜负她，她考上了名牌大学的研究生。

拿到录取通知书的一瞬，苦艾小姐浑身暖暖的，仿佛阳光种在了她的心底，令她永远温暖明亮。

同年，力娇小姐成为了专职模特。桑葚先生的房子也拆迁成功，将他拆成了千万富翁。

成为了名牌大学研究生的苦艾小姐，立刻洗刷了“婆家”对她种种的不好印象，桑葚先生的妈妈答应了这门婚事，像模像样地举办了一场订婚仪式，并承诺，待苦艾小姐研究生正式毕业那天，再弄一个更盛大的结婚仪式。

随着考研成功，苦艾小姐的人生际遇也越来越好转，在研三的时候就被导师推荐到一所大型国企实习，实习期间表现优异的她，获得了领导的赏识，领导答应一毕业就和她签订劳动合同。

名牌大学、国企工作、富翁男友，苦艾小姐感到长夜渐逝，云层渐薄，人生的曙光降临了。

而与此同时，力娇小姐却陷入了窘境。

模特行业其实是一个表面光鲜、实则悲催的行业。一般的模特，辛辛苦苦做了一天的产品展示，收入也就是300元至600元左右，且不是天天都有活干。力娇小姐每月的薪酬差不多维持在一万左右，而这点收入在大上海并不算什么，只能勉强满足温饱。

事业上的瓶颈也接踵而来。也许在故乡，她的相貌与身材算得上一流，但在人才济济的大上海，她那引以为傲的一切，根本算不了什么。比她年轻貌美的姑娘，像割韭菜似的，一年一年地冒出来。

而这些不是压死骆驼的最后一根稻草。长久以来的顺风顺水，铸就了力娇小姐的公主脾气，造成她总是无意间得罪同僚。在一次车展的后台上，她不知道为什么和公司的台柱发生了冲突，被公司的高层得悉后，决定冷藏她一段时间。

冷藏意味着收入锐减。钱少了，在大上海就越来越难以立足。可她又不敢擅自接私活，毕竟和经纪公司的合约还在，如果发现她接私活，那么就是严重违约，后果会比冷藏还要严重几百倍。

扛不下去的她，只好向公司申请一个长假，说想回家乡调整一下。领导说那正好，批你一个月的假，回去好好反省反省。

力娇小姐听到这话，内心的感受就像树上的残叶在冷风中哗哗作响。

为了不让父母得知自己的近况，怕他们产生不必要的担忧，力娇小姐选择偷偷地回去，至于住宿问题，她打算在苦艾小姐的婚房内暂住。

苦艾小姐倒是很开心地接纳了她，毕竟是很要好的闺密，超越十年的友谊，其深厚感情不是一般人能够达到的。

力娇小姐回到老家，苦艾小姐立刻就给她接风洗尘，并通知所有的共同好友，相当于举办了一场大型同学会。

力娇小姐很喜欢同学会，作为班花的她，毫无疑问是场面上最闪亮的一颗星。可这次她感受到气氛不一样了，同学们的焦点不再是她，而是苦艾小姐。

前途一片光明的苦艾小姐，成了同学们争相巴结的对象。一时间，曾经的女仆成了自带光环的公主，而曾经的公主却成了丧失光环的女仆，力娇小姐内心很不舒坦，像是吃了一大盘苍蝇一样难受。

很多人都能对朋友的不幸感到同情，但要消受朋友的春风得意就很难了，嫉妒往往出自于最亲近的人，就是这个道理。

同学会开完，苦艾小姐就带力娇小姐去自己的婚房暂住。她告诉力娇小姐，千万不要局促，就把这里当成自己家。

苦艾小姐的婚房在万达公馆，是一套四室两厅四卫面积约

330 平米的精装房。当力娇小姐走进这金碧辉煌的府邸，立刻就被镇住了。一刹那间，她居然有点后悔当年没和桑葚先生交往。

是啊，谁又能想到，十年之前毫不起眼的男屌丝，现在成了千万富翁；十年之前默默无闻的女屌丝，现在成了千万富翁的妻子；而十年前众星捧月的白富美，却沦落到寄人篱下。

命运就是如此残酷，令人嗟叹。

三人同居的日子就这样开始了。

白天的苦艾小姐要去单位实习，晚上的她还要回家给好闺密和未婚夫炒菜做饭打扫卫生，忙得不亦乐乎。而力娇小姐就每天睡到自然醒，敷敷面膜，做做瑜伽跳跳操，和无所事事，只知打打游戏上上网的桑葚先生不谋而合。

有着大量闲暇时间的两人，白天开始在城市里闲逛，吃遍玩遍了整座城，甚至许多新鲜地方桑葚先生都没带未婚妻苦艾小姐去过。

桑葚先生带力娇小姐去的都是高档场所，哪怕简简单单吃个饭，都能吃到上千的价位。

如果遇到苦艾小姐加班，他们两人还会去酒吧，点一瓶力娇酒，对饮到午夜。

在力娇小姐眼里，桑葚先生每次付账的样子简直帅呆了，那不羁的动作，蔑视金钱的眼神，正是她所欣赏的那一款。

可惜这一款已经是别人的未婚夫了。

力娇小姐顿时觉得内心空茫茫的，像是长了许多杂草，如同麦子般在风中倒伏。

桑葚先生知道每天带力娇小姐去高档场所很不好，毕竟是孤男寡女，有点对不住自己的未婚妻。可他就是忍不住，他很享受在初恋眼里展现财力的过程，仿佛这样就能够获得精神上的高潮。

两人有次喝高了回到家里，发现苦艾小姐居然还没回家。

桑葚先生打电话问苦艾小姐为什么还不回家，苦艾小姐说公司遇到重大事项，需要通宵加班，就不回来了。

挂掉电话的桑葚先生，决定把这个消息告诉力娇小姐。他走到力娇小姐的房门前，发现门敞开着，力娇小姐正在脱衣服。

她背对着门，将衣服一件一件地褪去，背部、臀部、腿部那白嫩的肌肤，就像最寒冷的地方最清澈的雪花那样晶莹，像最新鲜最纯净的牛奶一样嫩滑。

桑葚先生觉得自己身体里松动出了空隙，一种狂热的情绪正朝那坠落。

他走上前去，毫不迟疑地拥吻了她。

被拥吻的力娇小姐内心是平静的，甚至有着隐秘的欢喜。

她就像密集的八爪鱼般吸纳着他的身体，沉入黑夜温暖的海洋。

从窗户透射进来的一股明亮光线唤醒了桑葚先生的神经，让他从天堂般的梦境里猛地坠落回人间。

睁开眼，是自己熟悉的家。

一瞬间，他误以为昨晚的一切只不过是一场美妙的春梦。可赤身裸体躺在一旁的力娇小姐却无言地告诉他：昨晚的一切，都是真的。

他感到绝望如无数飞鸟漂浮在天空中央，呆滞地凝望着他。

“我该怎么补偿你？”桑葚先生释放出哀戚的眼神。

力娇小姐眯着眼，任思绪游转：“你就当我是你女朋友得了，没必要自责。”

桑葚先生似懂非懂地点点头。

桑葚先生的领悟能力很奇特。他觉得既然是女朋友，那么肯定要送花。他登录 Roseonly 的淘宝旗舰店，订了一盒 3999 元的永生花礼盒，决定将它送给力娇小姐当定情信物。

他没有想到，在他下订单的那一刻，苦艾小姐就看到了。

因为他们两人的淘宝账号是共用的。

看到订单的苦艾小姐还挺兴奋的，毕竟好久都没有收到桑葚先生的花了。中午下班后，和同事一起吃饭时，她还十分自豪地说起桑葚先生，说他很懂浪漫，在一起都好多年了，依然不忘给她惊喜。

窗外，乌云绵密阴暗地往下压，让人浑身粘腻却无法甩脱，似乎预示着什么。

苦艾小姐起疑心是在三天后。

淘宝显示该花束已经签收了，可是苦艾小姐却并没有收到花。

那么花去哪里了呢？

疑窦丛生的苦艾小姐打开淘宝，联系上了 Roseonly 淘宝旗舰店的客服。

“您好，请问表白卡上的姓名能发我一遍吗？”苦艾小姐输入道。

稍顷，苦艾小姐收到了一个名字。

名字显示是力娇小姐。

一道无形的冰刃插进了苦艾小姐的心脏，刺痛和寒冷开始蔓延。她维持着表面上的冷静，瞳仁里不见忧伤，不显疼痛，如同一片淡蓝的浅海。她只是截下这段对话，发给了桑葚先生。

桑葚先生收到这段截图，如同被人浇了一头冰水，皮肤在低寒中变得就像薄薄的一张脆纸。

他当晚就不敢回家住了，而是在万达酒店开了一间房。

面对这种情况，他怕极了。叹气、怨恨、痛苦、悲伤没有间断，绝望在继续。

桑葚先生并不想闹得尽人皆知，他还是想和苦艾小姐走到最后，毕竟婚都订了。

好在苦艾小姐也是这么考量的。

当桑葚先生躲在酒店的时候，苦艾小姐也没选择回家，而是去爸妈家住下。

在爸妈家，她茶饭不思地思考着这个问题。在一系列权衡利弊后，她发现最好的选择居然还是继续将这段感情走下去。

于是她拿起手机开始联系桑葚先生。

在酒店住了两天的桑葚先生，接到了苦艾小姐的微信视频通话。

她的表情非但没有硬如铁板，反而挺温和。这反常的举动，加剧了桑葚先生内心的恐慌与焦虑。

“截图收到了吧？”苦艾小姐笑容满面地问。

“收到了。”桑葚先生的脉搏快得像是要撞破心脏。

“那就行。”

“你原谅我了？”桑葚先生呼出一口浊气后，嘴角努力地拉扯出一个笑容。

“没有。”苦艾小姐斩钉截铁。

桑葚先生的眼眸起了薄薄雾霭，充满迷茫。

“我其实很想和你分手。”苦艾小姐的身后，云团如细羽缀成，静荡荡地流过天际，“可如果我放弃掉这段婚姻，那么力娇小姐才是最大的赢家，所以我不会这么做。”

她的话如同一根不断摩擦桑葚先生心脏的弦。

“我走到今天不容易，我不像力娇小姐那样天生丽质，靠皮囊就能混口饭吃。也不像你这般运气好，什么都不用努力，就能坐拥千万家产。”她的语气好似一汪清潭，如镜般平滑、冷冽，“我现今所拥有的一切，都是靠自己努力得来的。我努力考学，努力工作，努力在你最穷困的时候陪你受苦不离不弃。”

桑葚先生感到自己的心被愧疚感所充塞。

“我不会因为这种事，而将我的努力付之东流。”苦艾小姐挤出一丝清秋枫叶落满园的笑容，“我现在住在我爸妈家，我希望我后天回家时，力娇小姐消失在我的婚房里。”

“明白，我会在你回来前将她赶走的……”

“很好。”

谈话到此为止，被打上了一个休止符。

桑葚先生长吁一口气，为自己逃过一劫而倍感欣慰，露出了惬意的笑容。

他没有想到，手机的那头，苦艾小姐已经哭成了泪人。

起先，她只是小声啜泣，但是随着泪水汹涌起来，她再也止不住了，像山洪暴发似地嚎啕大哭。仿佛整个世界都在逐渐枯萎，缓缓坍塌。

可她并没有被击垮，她哭完会很快擦干眼泪，重新补妆，然后继续坚强地走下去。

她深知，如果要赢得一场战争，就不要计较一城一池的得失，生命很长，前路漫漫，谁笑到最后，谁笑得最好。

她将继续前行，哪怕前方暴雨雷鸣。

02. 进击新生活的力娇小姐

大叔将厚实的手掌置于力娇小姐的大腿上，力娇小姐犹豫了片刻，还是闪开了。

“怎么了？”大叔给自己点了一支烟，烟雾蜿蜒而上，像是一个问号，散发出迷惑和不快。

“别忘了我还没分手呢。”力娇小姐低着头，无精打采地垂着肩膀。

“不是快了吗？”大叔叹了口气。

“你也知道，是快了。”力娇小姐耸耸肩。

大叔皱着眉，丧失耐心的焦灼感无止境地翻涌着。

“我等下进家门就会和他摊牌的。”力娇小姐打开车门，迎接她的，是一条清冷的街。

“那我在车上等你。”

“等我干什么？”

“怕他伤害你啊！”大叔将她拉住，轻轻地把她拉进自己的怀里，“如果他敢伤害你，你就大叫，我就冲上去揍他！”

“你想多了。”力娇小姐无奈地笑了笑，“他是个好男人。”

“好男人？我可不相信这世上有好男人。”大叔扯起一丝阴冷的笑，“所谓的好男人，只是没机会放荡罢了！”

“也许吧。”许多回忆被重新勾起，像是从阁楼里翻出藏画来，拭去尘土后发现，色彩依旧鲜明生动，“不过此时此刻，他依然还是个好男人。”

大叔听后，发出嗤之以鼻的笑。

“好了，不说了，我走了。”力娇小姐走下车，被阳光照的雪白的路面上，呈现出一团漆黑的影子，“你也赶紧走吧，不用担心我，拜拜！”

力娇小姐的男友奇异果先生是一位郁郁不得志的青年画家，从出道到现在，一幅画都没有红过。

画没有红，自然收入也多不到哪去，满打满算也只能勉强维持目前的生计。

他的居所不到四十平米，卧室与洗漱间仅隔一道有着裂纹的玻璃门。家里也没有什么家具，一张床，一个衣柜，一架书桌，桌上放了一台老式笔记本，这就是家里的一切。

居所处于一楼，敞开窗户就能目睹公寓外泥泞弯曲的小径。不知道为什么，小径上总是积着肮脏的污水，哪怕是晴天也是如此。

小径里有一盏贴满小广告的路灯，晚上它就会散发出雾状的光芒，照进屋内后便成了深深的阴霾，仿佛预示着他被浓雾缠锁，无法解脱。

知了孤独地叫着，叫声十分凄凉、哀婉，仿佛要把某种东西掏空似的。

门开了，力娇小姐走了进来。

奇异果先生正在睡觉，蜷缩在床上的他，如一枚温暖的卵。

开门的声音似乎惊动到了他，他迷迷糊糊地睁开眼，说道：“你回来了……”

“你还真是悠闲，睡到下午才起！”力娇小姐将包重重地放在桌上。

“现在我的失眠越来越严重了……”奇异果先生捂着脸，“我感觉自己被忧郁苦闷的情绪和心境占领了……”

“估计是你太闲了吧，找份正经工作就不会如此了。”力娇小姐的声音仿佛年代久远的阁楼，充满一种让人皱眉的霉味。

奇异果先生露出受伤的表情：“我画画难道不是正经工作吗?!”

“不是。”力娇小姐冷酷地说。

一下一下锤击心脏的钝痛感无止境地朝奇异果先生袭来。

“你知道吗？我已经没有耐心了。”力娇小姐的声音如同薄暮晨昏里教堂的钟鸣，“你一直说画画是你的工作，说有一天你的画总会卖出好的价格，可惜我等不到那一天了……”

“你要离开我吗？”奇异果先生颤巍巍地说。

“嗯。”

室外，是金色夺目的夏日阳光；室内，却是铅灰色笼罩下的冬日阴云。

“你不爱我了吗？”奇异果先生居然哭了，泪水顺着他的脸颊缓缓地流了下来，就像两行弯弯的溪流。

“你不觉得我们两个在一起只是互相消耗吗？”力娇小姐说，“我给不了你什么，你也给不了我什么。”

“我不需要你给我什么，我只要你给我陪伴。”奇异果先生伸出手，想去拥抱她，可力娇小姐却躲开了，“我很怕一个人，我真的很怕……”

“所以你要改变。”力娇小姐冷静地说，“男人要学会面对孤独。”

奇异果先生长呼一口气，试图缓和情绪，可眼睛仍像被木炭熏过一般红：“在你眼里，我是不是和小孩子一样？”

“是的。”力娇小姐点点头。

“那你当初为什么选择和我在一起？”奇异果先生睁大眼睛问。

是啊，当初为什么要选择一个穷画家呢？记忆这个神奇的抽屉，自动跳出了两个名字——苦艾小姐和桑葚先生。

这世上能够令力娇小姐心塞的事情有很多，但最令她心塞的一件事，就是原本被她踩在脚底的闺密苦艾小姐，在后期成功逆袭，处处比她强。

特别是在苦艾小姐嫁给“拆二代”桑葚先生后，更是如此。

力娇小姐攒了两年的钱去了趟普吉岛，苦艾小姐则晒徒步南极看企鹅；力娇小姐在淘宝熬夜通宵选衣服，苦艾小姐却在巴黎大买特买；力娇小姐咬咬牙买了件单品，苦艾小姐已经开始在朋友圈发高端定制。

谁都说她们二人是一对好闺密，相识多年感情好，但谁又能想到，力娇小姐却活在了闺密的阴影之下。

其实在漫长的学生时代，苦艾小姐一直都没有超越过力娇小姐，而是像伴随红花的绿叶，默默地衬托着力娇小姐。

力娇小姐很漂亮，如同明月流水；身材也一级棒，就像一道靓丽的风景线。而苦艾小姐只不过是普普通通一位邻家女孩。

甚至苦艾小姐的老公桑葚先生，在最初期的时候，喜欢的也是力娇小姐。可是当初没看出来他会成为“拆二代”的力娇小姐，毫不犹豫地拒绝了外表屌丝的他。于是就导致了如今的结果，当初的邻家女孩成了千万富翁的夫人。

貌美如花的力娇小姐当然不甘心，于是在他们还未领证前，尝试过勾引桑葚先生。没想到桑葚先生起先倒是信誓旦旦地说要负责，没过几天就反水了。

他最后跟力娇小姐说的话是：“当初我最穷困潦倒的时候，苦艾小姐对我不离不弃，所以我不能对不起她……”

力娇小姐不甘心，十分的不甘心。她心想，好啊，既然如此，谁稀罕你？我自己也找一个潜力股得了，老娘的眼光也是杠杠的，持股能力不比苦艾小姐差，你就等着我逆袭吧！我一定会过上自己想要的生活。

“于是你就选择了我？”奇异果先生喉咙哽咽地说不出完整的话，“你以为我是潜力股，能够红？然后随随便便一幅画卖出大几十万？”

力娇小姐眼神里的光，是死寂的。

“我觉得你根本就没有掌握问题的关键。”奇异果先生的心头肉有着被翻挖般的难受，“苦艾小姐根本就没有想过桑葚先生会逆袭，成为千万富翁，她和他在一起的时候，只是因为她爱他……她不是因为他未来会成为千万富翁而赌一把，和他在一起的，而是因为爱他，所以才和他在一起的！”

“呵呵，你倒是分析的头头是道，你又不是她！”力娇小姐的脸因为厌恶而扭曲，“再说了，分手并不代表我不爱你了，只是这不是我想要的生活。”

“嫁给一个有钱人就是你想要的生活吗?!”奇异果先生的声音高昂起来，音色透过鼓膜，直接冲击着她的心脏。

“我不知道我想要什么样的生活，我只知道自己不想要什么样的生活。”力娇小姐心中的话不自觉地从嘴里吐露出来，“和你在一起的生活，就像一潭死水，你知道吗？没有聚会、没有旅游、没有惊喜……每天都是死气沉沉的，我都快要窒息了！”

“聚会、旅游、惊喜……都是要钱的，你知道吧？”

“嗯。”

“可我现在没钱。”

“嗯。”

“我相信，我未来一定会有钱的！”

“不好意思，我等不及了。”

“也许就在明天，我的画就有买家了！”小风扇嗡嗡地叫着，与窗外的蝉和声一片，“画廊那边已经有眉目了，说是……”

“得了得了，这种话我听厌了。”力娇小姐像赶臭虫似地朝他摆着手，“听我说，你是一个好人，对我真心也不错。早上给我买早饭，晚上给我买夜宵，等我几个小时都没有怨言，但这些都不是我最需要的……”

窗外的风吹了进来，奇异果先生的衣裳被风卷起，如同起伏的海浪。

“我们分手吧。”力娇小姐给了奇异果先生一个朋友式的拥抱，“一切都结束了……”

力娇小姐离开后的当晚，城市突降了一场大雨。

雨声令奇异果先生的失眠越发严重。睡不着的他，就像游魂一样在被暴雨穿上丧服的天地里游荡。

雨就如同他心中的泪，冲刷着这个冷冰冰的城市。

甩掉“不成器”男友的力娇小姐，没有包袱地朝着新生活进击了。

她的新男友大叔有很多奇异果先生所不具备的优点，其中最重要的一点，就是有着丰富的人生经历，这一点让力娇小姐油然而生一种崇拜心理。

崇拜是两性关系之间很重要的一环，有了崇拜，离爱也就不远了。

其次是安全感。力娇小姐之前以为安全感就是男朋友老实巴交，比如奇异果先生那样，连谎都撒不好。但和大叔在一起后，她发现真正的安全感来自相对稳定的经济收入，厚实的经济状况可以给她营造出相对安稳的生活环境。

以前极少出国的她，现在几乎每个月都能出去一次。无聊的时候她会去瑞士滑滑雪，累的时候会去威尼斯划划船，闲的时候会去芬兰看看极光，烦的时候会去希腊下下海……

她的足迹开始遍布世界上每一个角落。

在希腊克利特岛上，漫步粉红沙滩时，她也会想起过去和奇异果先生在一起的时光。因为奇异果先生凭想象画过这个海滩，那也是力娇小姐最喜欢的一幅画。

虽然会想起奇异果先生的种种温柔与体贴，但更多的，还是庆幸，庆幸离开了他。

不知道是不是年龄相仿的原因，在力娇小姐眼里，奇异果先生总是长不大，略显幼稚。不像大叔，比较善解人意，对她处处体现出无微不至的关怀，让她能够感受到恋爱的快乐和被宠溺的幸福。那种细心呵护，让远离家乡的力娇小姐能够感受到家庭的温馨。

她对现在的生活挺满意的，幸福溢于言表。

直到有一天，她无聊地刷微博时，发现了一条热门微博。仔细一瞧，居然是奇异果先生的画。

原来不知不觉，奇异果先生已经成为一位知名画家了。

点开他的微博，她发现原来奇异果先生也过上了十分优渥的生活，经常全世界各地到处跑。而且形象也变阳光了，不像之前那般阴郁。有一张照片，是他站在悉尼的邦迪海滩上照的，裸着上身的他，厚实的六块腹肌差点亮瞎了力娇小姐的眼。

力娇小姐忍不住瞧了瞧睡在一旁，打着呼噜挺着大肚腩的大叔，突然感到这一切实在是太糟心了。

她一条条的微博往下翻着，想知道他是什么时候发迹的。

翻到和他分手的那个月，她看到他发的一条微博——失去了爱情的我，迎来了事业的曙光。看来“上帝为你关上一扇门，也一定会为你打开一扇窗”这句话是真的。谢谢上帝，Amen！

力娇小姐忽然想起分手时，奇异果先生说的那段话：“也许就在明天，我的画就有买家了！画廊那边已经有眉目了，说是……”

难道他那句话是真的，并不是忽悠？

力娇小姐的心就像灌了铁，沉沉坠落。

如果把奇异果先生比做一支股票，那么就是力娇小姐持有了这支股，觉得实在是没有成长空间了，于是割肉抛了它。没想到这支股票刚一离开她手，就飞速涨停。这种郁闷的感觉令她的眉头皱在一起，无法解开。

大叔的鼾声越来越大了，像是粗锉刀刮黑板一样刺耳。

可她不敢叫醒他。

她叹了口气，徒步走到房间巨大的落地窗前，窗外变幻不定的霓虹在她大理石般光滑的脸颊上不断跃动，像一首哀戚的诗。

如果躺在身侧的是奇异果先生，估计她早就把他踹醒了。这与有钱无钱没有关系，哪怕是发迹后的奇异果先生，她也敢这么做。但是面对大叔，她就不得不藏住本性里所有猫爪般的任性，是断然不敢一脚踹出的。

她陷入了重重的比较之中，感觉先前累积起来的幸福感荡然无存。她甚至恶狠狠地想，为什么奇异果先生要发迹？就不能一直混得很差吗，那样不是才能衬托出她选择的正确性吗？

力娇小姐越想越气，唇瓣轻颤不已。

郁闷的她，给自己点了一支烟，犹如排空记忆一般吐出悠扬的烟气。她继续往前翻微博，翻到分手的那一天。她发现那天奇异果先生情绪激昂，连续写了三条微博。

——如果你爱他，哪怕颠沛流离最终也会获得幸福；如果你不爱他，哪怕坐拥金山最后也将堕入虚无。

——无论世事如何变迁，我都一直坚信，上帝会奖励那些因爱而在一起的人们，赐予他们平安喜乐。

——愿无岁月可回头，愿有良人可白首。

力娇小姐忽然明白了些什么，她感到身体发出异响，那是一种梦碎落地的声音。

有些枷锁，是自己套的；有些无奈，是命运使然

03. 一往情深的覆盆子先生

覆盆子先生就读的高中是当地的重点中学，这所重点高中采取的是封闭式教学管理。大多数学生都是住校，覆盆子先生是学校里少有的几个走读生。明面上的理由是他家就住在学校对面，就不占用学校资源了；真实的原因是他想走读就走读想住读就住读，只需要打个电话就行。

他之所以能这么“任性”，全赖这所高中的校长是他舅舅。

作为校长的外甥，覆盆子先生可谓是名正言顺的官二代。

小说里写到这样的权势子弟，大多描绘得嚣张跋扈目中无人，其实在现实生活中，很多有背景的年轻人，往往比那些没有背景的年轻人更加沉稳低调。

覆盆子先生也不例外。在学校里，除了极个别的老师外，几乎没人知道覆盆子先生是校长的外甥。

他和同学也刻意保持着距离，似乎生怕走近了，让人发现他的“真实身份”。

覆盆子先生是一个内向害羞的人，极怕受到关注。如果让大家知道他是校长的外甥，那么无时无刻的八卦目光将会集中到他身上。这种目光在他看来，就像毒蛇的信子一样恐怖。

对所有同学保持距离亮“红灯”的他，唯独只对伏特加小姐开着“绿灯”。

伏特加小姐属于学生时代很遭人嫉恨的那种人。明明每天不务正业，可学业却一直遥遥领先，而且最恼人的是，她长得还挺漂亮。

长得漂亮、成绩又好，自然很受男生青睐。覆盆子先生深深为之倾倒，不可自拔。

他每天上学的动力，多半来自于可以见到伏特加小姐。见到她，笑意就会不由自主地浮上嘴角，像盛夏时的灿烂阳光，挡都挡不住。

如此一往情深，伏特加小姐自然也感受得到，于是每次见到覆盆子先生她都会笑着打招呼。明明只是普通的照面，在覆盆子先生眼里，她一颦一笑都透着万般惹人怜爱的潋滟，勾魂摄魄。

伏特加小姐知道覆盆子先生对自己的感情，可她实在对默默无闻的他提不起兴趣。高中的女生，总归还是青睐那些校园风云人物，毕竟那才是青春。

当时学校有两大校园风云人物，一个是美男学霸草莓先生，一个是帅哥校霸黑莓先生。

说来也巧，这两个男生偏偏都中意伏特加小姐，经常有事没事就找她玩。

为了避免冲突，伏特加小姐将时间安排了下。白天和草莓先生腻在一起，向他请教课业；晚上宵禁后则翻墙出去和黑莓先生相会酒吧，享受酣畅淋漓的时光。

如此招摇地和学校最风云的两个人物纠缠在一起，自然非议不断。特别是她寝室的另外三个女生，对她更是恨得咬牙切齿，天天在背后议论纷纷。

室友甲是个女学霸，每天认认真真地学习，可考试仍然考不过整日游手好闲的伏特加小姐；室友乙和室友丙都是花痴，不过花痴的对象不一样，乙花痴的是草莓先生，丙花痴的是黑莓先生。

每当伏特加小姐晚上翻墙而出，这三个出于嫉妒的人就会在寝室里大开夜谈会，共同吐槽伏特加小姐。在你一言我一语中，虚构了许多伏特加小姐子虚乌有的事迹。

三人成虎，更何况这三人又是离她最近的室友。各种精心编造针对伏特加小姐的污言秽语开始瘟疫般地传播，从一个小小的寝室蔓延到班级，从班级拓展到全年级，最后乃至全校凡是认识伏特加小姐的同学都对她避之不及，认为她是一个货真价实的绿茶婊。

覆盆子先生不是没听过这些流言，可他选择性地忽略了。他觉得伏特加小姐特别清纯、美好，和草莓先生、黑莓先生不过是普通的同学关系，绝非谣传的那样和两人均有一腿。

伏特加小姐不是没想过在草莓先生和黑莓先生中挑选一个当自己的初恋男友，可她一直犹豫着，不知道选谁。她感觉两个都不分伯仲，如果两者能稍微结合一下，就再好不过了。迟迟不肯决断的她，这一拖，就拖到了学校更换教导主任。

新上任的教导主任格外严厉，让学生们感觉一下子进入了黑暗的中世纪。特别是在宵禁方面，更是新增了举报有奖制度。这一发动群众斗群众的方法，大有奇效。最先遭殃的是树敌无数的黑莓先生，在厕所肆无忌惮抽烟的他，被教导主任抓了个正着。

新官上任三把火，打算杀鸡儆猴的教导主任拿这件事大做文章，硬是给黑莓先生记了大过，还要求他当着全校师生的面检讨。黑莓先生倒也奇葩，觉得当全校师生的面检讨太丢面，宁愿选择转学。

黑莓先生转学后，又有几个喜欢挑事的混混学生在教导主任的雷霆手段下受到重创。其他学生看在眼里，更是噤若寒蝉，整个学校开始失去往日的喧嚣，走廊上再也见不到欢歌笑语。死气沉沉的学校就像百慕大三角洲，看似平静实则暗潮汹涌，无数黑色的漩涡躲在暗处，等待着将路过的不幸船只卷入那暗无天日的海底。

管理太过严格，连平日里乖乖的草莓先生都有些承受不住，说服父母找了关系走后门办理了走读手续，开始了每天回家的幸福生活。

伏特加小姐很是羡慕，可她家在远郊，根本没法办理走读，只能继续在学校死扛。

草莓先生在辅导伏特加小姐功课时，见她郁郁寡欢，提议要不晚上去他家上上网，反正最近家里没人，父母都出差了。

比起上网，伏特加小姐更喜欢弥漫着酒精以及荷尔蒙味道的酒吧。可惜草莓先生这样的乖乖男是不会去酒吧的，这让伏特加小姐有点想念转学的黑莓先生了。

眼见伏特加小姐有些犹疑，草莓先生挤挤眼，说自己的老爸安排了司机专程接送，到时候一起上车便是，不会被任何人发现。

强压之下憋坏了的伏特加小姐，一听到如此万全之策，当即就心痒不已，点头答应了，毕竟上网总比待在寝室强。那时的她完全没有考虑过被人举报的问题，她心想，自己从未得罪过任何人，理应安全。

她不懂，在这世上，只要你比别人耀眼，就是碍眼；走在别人前面，就是挡路。

伏特加小姐得知自己被人举报，是在翌日一大早被“请到”教导主任办公室后发生的。

虽说教导主任没明示举报人是谁，可她心知肚明，肯定是她其中一个室友举报的。她不理解为什么平日里素无恩怨的室友会对她下狠手，心里满满的都是委屈。

不过究竟是哪一个室友举报的，已经不再是伏特加小姐所关心的问题。伏特加小姐现在关心的是，如何解释昨夜去了哪？

教导主任提问都带引导性，就是想让她解释清楚昨晚究竟去了哪里，为什么不在寝室里。

伏特加小姐本来是想保护草莓先生，打算硬抗到底宁死不说的。不过她小瞧了教导主任的手腕，他这一审，直接就从大清早审到了大中午，其间伏特加小姐滴水未进粒米未沾，肉体和精神都饱受折磨。

还只是个稚嫩学生的她，哪经得起这种架势，到下午上课前就扛不住了，说了实话告了饶，说是草莓先生主动邀请她去他家玩，还让自己的专车送她。

本以为事情到此为止就可以画上句号，没想到教导主任摇摇头，说要去核实一下。

伏特加小姐心想那你就去核实吧，反正事实就是如此。她万万没想到，草莓先生在教导主任面前居然矢口否认！他对教导主任陈情，说自己并没有外界传的和伏特加小姐那么熟，只是碍于她三番五次骚扰他，无奈之下帮她辅导一下功课罢了，根本不可能邀请她去自己家。

草莓先生这一反水，让伏特加小姐彻底陷入了寒冰地狱之中。

本以为今天最糟糕的事已经发生了，没想到重头戏还在后面。教导主任换了一副严肃面孔，眼神如同浴霸一般明亮灼人。

他告诉她，很多同学都在传，说你经常逃宵禁外出援交？昨晚是不是也去干这种龌龊勾当去了。

伏特加小姐怔愣当场，感到巨大布匹般不停卷动的气流，在体内不断吹割，逐渐把五脏六腑撕成絮状的长条。

“我真没想到大家这么恨我。”伏特加小姐的眼泪像决堤般汹涌而下，“这么恶毒的流言也造得出来！”

“既然你说是流言，那就告诉我你昨晚究竟去了哪！”教导主任重重地拍了下桌子，他的力道很大，如同落锤拆楼机的重锤。

伏特加小姐的眼眸如同燃烧殆尽之后的灰烬：“你记过吧，反正我是不会说的！”

“哟嚯，你这小妮子倒挺倔！我告诉你，这事可不是记过就能了结的！”

“那就开除我呗！”伏特加小姐像找到了积怨已久的复仇对象，眼眸散发出癫狂的光芒，“反正我是不会忘了那些伤害过我的人，我会带着恨意精彩地活下去！”

“你！……”教导主任的话被一阵急促的敲门声打断了。

是覆盆子先生敲响了办公室的大门。

教导主任是少有的几个知道覆盆子先生真实身份的人，他用一种“你来干什么”的目光看待这位不速之客。

覆盆子先生脸上任何表情都没有，他只是高高地仰起头，说了一句伏特加小姐终生难忘的话：“她昨晚是和我在一起，要惩罚就连带把我也惩罚了吧！”

话音刚刚落下，覆盆子先生就再也不是伏特加小姐眼中毫不起眼的普通同学。相反，她觉得此刻的他简直就是一个身披金甲圣衣、脚踏七彩祥云的盖世英雄！

“……你怎么可能和她在一起？”教导主任欲言又止，心里一阵七上八下。

“怎么不可能？她是我女朋友。”覆盆子先生的目光极具穿透力，看得人很不舒服，“她每次逃宵禁，都是和我在一起！”

教导主任无奈地转向伏特加小姐：“真的吗？”

伏特加小姐的喉咙因充塞着起伏波动的情感而嘶哑：“嗯！”

教导主任露出仿佛做梦一般的神情，他沉默几秒后，让覆盆子先生带伏特加小姐走了。

覆盆子先生毕竟是校长的外甥，教导主任犯不着为这种事开罪自己的直属上司，最后的处理自然只能是不了了之。

离开办公室后，覆盆子先生领着伏特加小姐来到了楼顶天台。

天台和许多学校一样，没有什么东西可以遮挡人的视线。

覆盆子先生沉默着，一句话都没说，只是呼吸声伴随着静谧在不断放大，手心布满了潮湿的汗。

最终还是伏特加小姐率先打破沉默的雾霭：“你是不是真心喜欢我？”

覆盆子先生点点头。

伏特加小姐说：“那我们就在一起吧。”随后她给了他一个拥抱。覆盆子先生迟疑了一下，想挣脱开来，却发现伏特加小姐抱得更紧了。

“你没必要这样……”羞涩的覆盆子先生终于开口说话了，“我知道你不喜欢我。”

“是没那么喜欢你。”下午的阳光印染了伏特加小姐苍白却带笑的脸，“不是不喜欢你。”

覆盆子先生心底明白，伏特加小姐对自己的这一丁点喜欢，也是他争取来的。如果没有这次“英雄救美”，伏特加小姐和他是断然不会这般亲密。

这么一想，两人的关系颇有些“交易”意味。

“我不想回寝室和那些八婆住一起了。”伏特加小姐郁结地说，“你能帮我想想办法吗？”

“那你办理走读吧。”覆盆子先生说，“有我在，一定会批准的。”

“交易”的意味越来越浓烈了，可惜覆盆子先生实在对伏特加小姐一往情深，明知如此，也无法断绝。

“办理走读后，我住哪？”伏特加小姐苦笑，“我家在远郊，坐车都要两三个小时呢。”

“住我家吧。”覆盆子先生脸上起了两坨红晕，“那个……我家有很多房间，而我父母都在美国，你随便挑一间住就是了。”

覆盆子先生指向学校对面，伏特加小姐顺着指尖望去，看到一座高档小区。

小区大门处有两座镀金大狮子，夕阳照得那两头金狮子光华璀璨，彰显着居住在里面的人非富即贵。小区院子宽大通明，到处都是怒放的鲜花和翠绿的植物。石子路旁，隔几步就有一座古朴典雅的圆形木框玻璃灯，给人一种古代殿宇的感觉。

伏特加小姐轻轻柔柔地点点头，没有再言语。

和覆盆子先生同居没多久，伏特加小姐就把自己的第一次当礼物送给了覆盆子先生。

覆盆子先生明知她这是在报恩，还是褪去了彼此的衣裳，和她坦诚相见。

伏特加小姐躺在他赤裸的怀里，徐徐地说："如果没有你当时为我出头，我的名声就毁了……当教导主任说我援交时，我真的想一死了之。"

覆盆子先生发出平静却炽热的喘息。

"你救了我的名声相当于救了我的命。"伏特加小姐说，"所以我会一辈子记住你，并且心甘情愿把我最珍贵的东西给你。"

有些人，相遇时就知道此生不会爱上，可这不代表就一定会形同陌路。世事难料，也许你欠他的太多，内心的亏欠无法释怀，只能通过和他在一起的方式偿还，觉得这样才能对得起自己的良心。

在很多青涩男孩眼里，女孩子的第一次被包装得非常华丽和高贵，但真正成熟后才会发现，很多女孩子的第一次并不是给了自己最爱的那个男人。

伏特加小姐就是如此。如果说除了亲人以外，还有什么人能使伏特加小姐一回想起就露出灿烂笑颜的话，那定是覆盆子先生了。

当然，这一切都是在没发生后续故事的情况下。

如果时光能重来，伏特加小姐是不会选择参加高考后的同学聚会的。

不参加，就不会知道真相；不知道真相，说不定她还能继续心态阳光的生活下去。

伏特加小姐高考很成功，考到了外省的一所 985 大学——江城大学。覆盆子先生则出国留学了，当伏特加小姐拿到录取通知书的时候，他已经身处美利坚。

而班上的其他同学，大多都在二三本徘徊。有如此佳绩，伏特加小姐自然很想在同学面前显显摆，于是改变了之前和同学“老死不相往来”的想法，大大方方地参加了高中毕业后的首场同学聚会。

同学聚会定在一家五星级酒店的西餐厅，那里有着能容纳一百多人的大厅，落地窗外还有巨大的观景平台，平台处伫立着零零星星的几个人，其中就有伏特加小姐。

她端着一杯伏特加，迎着晚风裙袂飞扬。她抿了口酒，思绪飘到很远的地方，想到了很多往事，思念着身处异国他乡的覆盆子先生……神思恍惚间，曾经的三个室友凑到了眼前。

看到这三个中伤过自己的人，伏特加小姐心里五味杂陈。不过好在她们考取的学校都比自己差，她倒也能以胜利者的姿态平静地与她们寒暄。

“其实我该感谢你们。”伏特加小姐举杯说，“如果不是你们当时举报我，说不定我还没有今日的辉煌呢！”

“什么举报？”三人都傻眼了。

伏特加小姐心想，都这个时候了，还装傻充愣，一点敢做敢当的勇气都没有，怪不得考不上江城大学。

“如果是关于你没回寝室被人举报的事，我可以发誓，绝对不是我们捅出去的。”室友甲站出来说道。

伏特加小姐的手指不耐烦地敲击着防护栏，发出粗粝的声响：“呵呵，得了吧！除了你们，还能有谁知道我那晚不在寝室？”

“有，覆盆子先生。”草莓先生突然从斜刺里冒了出来，他的脸就像宣纸一样透出薄薄的血色，“那天下午你上我车的时候，被他瞅见过。我当时觉得没什么，就没告诉你！”

“你还有脸出现？！”伏特加小姐的瞳仁里升起一道隔膜，模糊又透明，“滚出去！这是我们班的聚会，不欢迎外班的！”

“对于那件事，我很抱歉。我只是怕受到牵连，所以当时才着急撇清自己。”草莓先生垂下了头，“不过请听我把话说完，我事后细细想来，觉得举报你的人很有可能是覆盆子先生！”

“你是不是疯了？现在还在这乱咬人！”

“你仔细想想，当时你们班的同学只知道你不在教室，根本就不知道你被教导主任叫走了。”草莓先生说，“那覆盆子先生是怎么知道你在教导主任办公室的呢？”

伏特加小姐的脑袋里开始轰隆轰隆地响起雷声。

“这一切都是他安排好的。”草莓先生的眼中寄宿着坚定的意志，“他举报你，又前来解救你，好让你心生感激，从而得到你！”

“不可能！”伏特加小姐感到一阵昏黑的震颤，“你有证据吗？在这里信口雌黄！”

“有证据，你听吧！”草莓先生拿出手机，播放了一段录音。

这段录音是在谢师宴上录的，环境有些嘈杂，四周全是唧唧喳喳的声音，像有无数只不知疲倦的麻雀在鸣叫。尽管如此，还是能清晰地听出，此段录音录的是草莓先生和教导主任的对话。听声音，教导主任已经半醉了。

草莓先生似乎是预谋已久，在恭维教导主任一番后，问了一个问题，就是关于到底是谁举报了伏特加小姐。

“你怎么会关心这个问题？”

“好奇嘛。”草莓先生的声音带着遗憾，“如果不方便直说，给个提示也行嘛！就说那人是不是去美国留学了？”

教导主任语声中带着讶异：“你是怎么猜到他的？！”

“看来果然是覆盆子先生！”草莓先生压低声音道。

“嘘！小声点。”教导主任醉醺醺地说，“这小子有背景，心思又诡秘，敢当着我的面一边举报一边救人。他是看穿了我碍于他是校长外甥不敢当面点破的事实，真是个聪慧的家伙！算了，这些都是陈芝麻烂谷子的事了，我们还是不要讨论他为好，喝酒喝酒！”

碰杯带来一片喧哗与悸动，录音到此戛然而止。

伏特加小姐的内心被一阵混乱的情绪攫住。她的记忆如同被风撕裂的云彩，散乱地漂浮于天际。而现在，她把它们重新聚拢起来，想从中找出脉络。

伏特加小姐不是笨蛋，稍稍一推导，她就发现这果然是覆盆子先生下的一手好棋！

她并不爱他，只是感激他才把第一次给了他。只因当她整个世界面临坍塌时，他是那唯一的救赎之光。

谁又能想到，这一切都只不过是覆盆子先生设下的局。知道真相的伏特加小姐，感到一切都朝泥沼一般的阴暗深渊中越陷越深，向着漆黑的恐怖地狱沉沦。

“要是不知道这一切，该有多好……”她将杯中烈酒一饮而尽，然后一语不发地转身离去，拖曳着长长的暗淡背影，消失在人来人往之中。

04. 关系不越界的槟榔先生

槟榔先生坐在教室里，感到无聊像雾一样无边无际地漫延开来。

他是一位一本大学的硕士研究生，临近毕业的他，课程越来越少，日子自然也越来越闲，闲得他都有一种度日如年的感觉。

一年前的他可不是这样的，那个时候他每天都要陪女朋友，几乎二十四小时待命，围着女朋友打转。

他女友和他不一样，是上班族，在一家媒体工作。两个人，一个青年学子，一个职场新人，彼此亲密无间，没有隔阂，那真是一段感情最好的时候。

他们在一起的日子，几乎逛遍了江城大大小小的清吧。那个时候，每到一家清吧，他女友总会点一杯金汤力，于是槟榔先生就戏称她为金汤力小姐。

可惜那些美好的日子在今看来，就像旋风一般消逝在光阴里，再也寻不回来。

时过境迁，金汤力小姐再也不去清吧了。她升职加薪，成了部门的顶梁柱，加班的时候越来越多，和槟榔先生相处的时光越来越少。

槟榔先生知道他们的感情没有出问题，可是好不容易约一次会，金汤力小姐谈的也是工作方面的事，槟榔先生作为一个还在象牙塔的研究生，自然插不上话，哪怕偶尔插上一句，金汤力小姐也总是摇摇头，不屑地说："唉，果然是没踏足社会的人才会有的幼稚观点！"

作为男人的槟榔先生感觉自尊心有些受挫，可他毕竟很爱很爱金汤力小姐，面对不屑也只能选择忍气吞声。

后来他灵机一动，觉得既然"你的生活我插不上话，那我讲述下自己的生活总该可以吧"！没想到当他叽叽喳喳地讲述自己校园生活的时候，金汤力小姐更不耐烦了："你知道吗？话太多的男人显得一点城府也没有！"

"那我该说些什么？"槟榔先生有些愠怒，"这也不行，那也不行；左也不是，右也不是……"

"就不能不说话吗？"金汤力小姐皱眉道，"真正相爱的两个人，是可以保持长时间不交流不对话但也不尴尬的状态的。人生苦短，沉默是金；少点废话，有益身心。"

槟榔先生哑口无言。

有时金汤力小姐工作忙起来，槟榔先生还联系不上她。电话不接，微信不回，那感觉真是糟透了，好似暮色四合时，太阳在地平线上惶惶然地沉下去。

他觉得自己正在失去金汤力小姐，如果再不做出什么补救措施的话。

他思来想去，决定尝试先斩后奏玩玩惊喜，擅自去金汤力小姐的公司陪她加班。为了显得温情，他还决定捎上一瓶百利甜酒。

在一个联系不上女友的夜，槟榔先生带着百利甜酒来到了金汤力小姐的公司楼下。

金汤力小姐所就职的媒体在全中国都很有名，那里长期灯火通明，犹如海上的一艘豪华游轮。

槟榔先生来到金汤力小姐的办公楼层，发现那里只有两个人在加班，一个是他女友，一个是他女友的同事。

金汤力小姐看到槟榔先生，眼底流露出一丝不悦："你怎么来了？"

"来看看你嘛。"金汤力小姐的反应令槟榔先生有些心塞。

"我还有很多事情没处理完，没时间陪你。"金汤力小姐抱起桌上的文件夹，"我现在要去楼上找总编辑。"

"去吧，我随便找个地方坐一坐。"槟榔先生觉得脑袋里似乎装满了铁球，十分沉重。

金汤力小姐抱着文件夹上去了，整个楼层现在只剩槟榔先生和金汤力小姐的同事。

"你居然还带了一瓶百利甜？"金汤力小姐的同事眼尖，一下子瞥见了槟榔先生藏在身后的酒瓶，“我最爱喝这酒了。”

就这样，槟榔先生邂逅了金汤力小姐的同事——百利甜小姐。

百利甜小姐秀发披垂，五官、轮廓都很分明，眼睛大而有神，睫毛长长翘翘，眼神深邃而又空虚，空虚之中又蕴含着无限的温柔。

她边饮着酒边说道：“你说你蠢不蠢，身为她男友，居然都不知道她今天生理期。”

“我真不知道，要不然也不会带瓶酒了。傻瓜都知道，女性月经期间不能饮酒。”槟榔先生苦涩地笑道。

“你过来是为了试探她是不是真的在工作吗?”百利甜小姐问。

“哪会，我很信任她的，只是……只是那种无力掌控的感觉真是令人郁闷。”月光透过格栅照射在槟榔先生脸上，闪烁出鱼鳞般的光泽。

“你想掌控她?”

“不是这个意思，我表达有问题……”不知为何，槟榔先生的心情开始往下滑落，“我就是郁闷联系不上她的状态，那感觉实在是糟透了。”

“她在工作嘛，工作需要一心一意。”百利甜小姐耸耸肩，“哪有时间理会你。”

“也是……”槟榔先生垂下头颅，就像一个被鞭打责罚的孩子。

百利甜小姐看他沮丧成这副模样，有点于心不忍：“这样吧，看在这瓶酒你送我的份上，我加你微信，这样以后你如果联系不上她，可以问我。”

“真的吗？”槟榔先生眼露欣喜。

“嗯。”她静静地注视着槟榔先生，让他心生温暖。

那天之后，槟榔先生再也没有因为联系不上金汤力小姐而伤心难过了。因为每当联系不上的时候，他都会发微信给百利甜小姐，询问金汤力小姐的近况，百利甜小姐总是能在第一时间回复他。

有了百利甜小姐这位忠实“内应”，槟榔先生也打探到了她们公司的热门话题，在和金汤力小姐约会时，他终于也能接上话了，甚至分析了一下她最近工作上出现的一些小问题。

金汤力小姐很吃惊槟榔先生的转变，同时也纳闷他是如何做到的。

“你是怎么知道这些的？”金汤力小姐疑惑地问。

“天机不可泄露。”槟榔先生神秘地一笑。

金汤力小姐抬了抬弯刀般的眉毛：“把手机给我。”

“要我手机干什么？”槟榔先生心头一紧，可惜还没等他反应过来，手机就被金汤力小姐从桌上夺去了。随后金汤力小姐打开微信，看到了百利甜小姐的微信头像。

“你什么时候加她的？”金汤力小姐的眼睛就像被电熨斗烙过一样，火辣辣地热了起来。

“这很重要吗？”槟榔先生也有些恼怒金汤力小姐不经过他同意就翻看他手机的行径，紧张、严肃的空气开始充斥周遭。

金汤力小姐的脸色阴沉如裹尸布：“只要你把她删掉，这件事就不重要。”

“删掉？”

“我的同事是我的同事，你的同学是你的同学。”她直视槟榔先生的眼睛，“我既然没有加你的同学，也请你不要加我的同事！”

“我不删，要删你删。”槟榔先生撇过脸。

“好。”金汤力小姐干脆利索地将百利甜小姐的微信号删除了，“千万别擅自加回去，否则我们的关系就此结束！”

寒意就像一粒种子，扎入槟榔先生的心房深处，结出开满冰晶的花。

自从百利甜小姐的微信号被删掉后，槟榔先生和女友的关系又恢复到完全丧失主动权的地步。

金汤力小姐想要随时随地找到槟榔先生，完全没问题；槟榔先生想要随时随地找到金汤力小姐，根本没可能。

这种相处模式让槟榔先生心烦意乱，仿佛被一床看不见的毯子裹住全身。

有次槟榔先生忍不住了，对金汤力小姐抱怨道：“我们这到底是不是同城恋？感觉像异地恋。”

“我觉得是你太闲造成的，你找点事情做会好点。”金汤力小姐诚恳地建议道。

槟榔先生内心冰冷，犹如昆虫。

听话的槟榔先生决定找点事情做。

他思前想后，找到了一个一箭双雕的好办法，那就是到 caffé bene 兼职。这家咖啡店就在金汤力小姐就职的公司楼下，在那里兼职有极大的可能会偶遇到她。

毕竟是硕士在读，很快槟榔先生就应聘成功，成为了 caffé bene 的店员之一。

没想到工作不到三天，他就偶遇了百利甜小姐。

两人相视一笑，心有灵犀地没有提删微信的事。

“你怎么到这里打工了？”百利甜小姐问。

槟榔先生如实地将自己的想法说了出来。

“你到底是不是她男朋友？她不喜欢喝咖啡的。”百利甜小姐耸耸肩，“所以你在这里打工是偶遇不到她的。”

槟榔先生这时才发现，虽然他名义上是金汤力小姐的男朋友，但实际上他离她的生活已然万里，他不知道她现在的月经周期，不知道她什么时候上班什么时候下班，甚至不知道她喜欢喝什么不喜欢喝什么。

他已经和她的生活完全脱节。

相反，随着百利甜小姐来 caffé bene 的次数越来越多，他越来越了解百利甜小姐，知道她喜欢喝什么、吃什么，用什么牌子的化妆品，喷什么味道的香水。

他们成了无话不谈的好朋友，虽然连微信都没加、手机号码都没存。

槟榔先生也不再那么频繁地想知道自己的女友在干什么了，有时一两天不联系金汤力小姐，也不觉得有什么不妥了。

出乎意料的事发生了，槟榔先生的主动联系少了，金汤力小姐反倒有空就一个电话过来，问他最近在干什么。

槟榔先生实话实说，说按照你的建议找了份兼职，果然心态好多了，不再那么想你了。

金汤力小姐沉默片刻，表扬了他一句后，就把电话挂断了。

槟榔先生感到内心空空的，就像凌晨时分的空旷足球场。

日子仍旧继续着。

槟榔先生几乎每天都能在 caffé bene 撞见百利甜小姐，她喜欢坐靠窗的位置，一坐就坐到打烊，眼里雾霭漫漫，似乎掩藏着一颗孤独的心。

打烊后，槟榔先生会请她去“老街烧烤”吃烤串，两个人就着啤酒吃着肉串，可以聊很久很久。

“你为什么加班频率没我女友高?”槟榔先生用筷子挑着烤茄子问,“你们可是一个部门的。”

“我不求上进呗。”百利甜小姐耸耸肩,“我是个比较享受生活的人。”

“好吧,这点我和你不谋而合,我也是一个不求上进的人。”槟榔先生敬她一杯,“这大概是我女友很反感我的一点吧,没啥事业心,天天得过且过。”

说完这番话,槟榔先生的手机响了,是金汤力小姐打来的。

不祥的预感如一枚剥了壳的鸡蛋跳了出来。

“喂,怎么了?”槟榔先生按下了接通键,一旁的百利甜小姐很识趣的不发一语。

“你在哪?”金汤力小姐冷冰冰的言辞,让槟榔先生有些焦躁。

“我在吃烧烤。”

“和谁?”

窗外轻薄的黑暗中,漂浮着不祥的恶意寂静。

“就我自己。”槟榔先生犹豫片刻,如此说道。

“呵呵。”金汤力小姐的笑声如同蛇一般缠绕着槟榔先生的四肢。

“笑什么?”

金汤力小姐没有回话,只是静静地结束了通话。

槟榔先生望着暗下去的手机屏幕,怔怔出神。

“怎么了？”百利甜小姐紧张地问。

“没什么……”槟榔先生的话音还没落下，微信就响了，是金汤力小姐发来的。

只见对话框里有一张偷拍的照片，是他和百利甜小姐坐在一张桌子上吃烤串的画面，下面还附上了一段话：“信任就像一张纸，一旦皱了，即使抚平，也恢复不到原样了。我们分手吧。”

槟榔先生的胸口抽紧着，浑身的肉似乎都被绞干了。

“怎么了？”百利甜小姐再次发问。

槟榔先生将手机翻转，给她看了金汤力小姐的信息：“看来她刚才也在这家店里……”

“啊?！……”百利甜小姐的脸因为尴尬而变成了酱紫色，“真不好意思，这都怪我……”

“不怪你，怪我。”槟榔先生心中满是懊恼、惭愧、困惑，以及溢满胸口那激烈的痛苦，“我应该说实话的。”

“是啊，你为什么不说实话呢？我们之间又没什么，不应该避讳呀！”百利甜小姐叹道。

槟榔先生愣住了。

是啊，如果他心里真的一点动摇都没有的话，为什么不敢说实话呢？

他望着百利甜小姐，感到这些日子与她在一起的时光如同掌心缠绕连接的纹路慢慢地散发开来。

每一帧每一秒，都那么真切，好似素色蔷薇盛开在旧时光里，留下美满的画面。

“谁知道呢？算了，不想了，干了这杯酒，祝我们友谊长存。”槟榔先生举杯与百利甜小姐共饮。

也许，槟榔先生已经意识到自己爱上了百利甜小姐，可他不能越界，因为那样对百利甜小姐是不利的，一旦他们在一起了，那么舆论将会一边倒的指责百利甜小姐是小三，哪怕明明她不是。

有些爱，只能深藏心间；有些关系，永不能越界。

有些爱只能深藏

心间

有些关系永不能

越界

05. 被咬了一口的芒果先生

对于芒果先生而言，这世上能够畅所欲言的场所，酒吧算一个。反正那里声音嘈杂，别人也听不到他在讲什么，就算被人无意间听到，那人第二天酒醒后也不再记得。

所以芒果先生在酒吧里永远是清醒的，因为他不是去买醉的，更不是去把妹的，而是去说话的。

大约是职业缘故，芒果先生平日里说话都小心翼翼如履薄冰，如此一来，酒吧就成了他的天堂。毕竟在那吵嚷喧嚣的场合，他总算可以说出平日里内心翻涌的话，诸如："我静静地看你装逼很久了，但说实话你的逼装得还没有我好"，"我一直都想找个机会一巴掌呼死你，只是一直没找到"，等等，反正这些话说出去，也没人能够听清，如果有人想刨根问底问他到底在说什么，他就会用放大好几倍的音量说："我不睡，我要装逼一整夜!"

有时芒果先生在喝了点小酒后，不得不感慨，这城市虽然倒是越来越大，但能说话的地却是越来越少了……

与往常一样，芒果先生又想说话了，于是他启程前往一个以缪斯女神命名的酒吧。

一踏入缪斯，他就感到自己被一波波的音浪给淹没了。沉浸在这音乐的海浪里，他居然感到了一丝丝宁静，觉得整个人都舒坦了。

芒果先生是各大酒吧的常客，很多夜店达人都认识他，有些一看他来了，就和他点头示意，打着不痛不痒的招呼。

他来到吧台处，给自己点了一杯龙舌兰日出。比起烈酒，他更喜欢这种混合了多种新鲜果汁的鸡尾酒。

在等待调酒师调酒的间隙，他开始散漫地四处张望，发现很多人都在震耳欲聋的音乐催化下，群魔乱舞似的扭动，反而衬得一动不动的他是个异类。

他感觉自己就是那风暴的中心，无比宁静。他的目光扫过一个个木然、悲伤、诀别，或者苍凉的脸庞，可以辨别出每一个漂泊无依、四海为家的人，从他们的眸中读出空虚与迷茫。只因他既身处其中，又置身事外。他一直清醒，从未沉沦。

忽然，他感到有人重重地拍了一下他的肩。他下意识回头，看到了一张既熟悉又陌生的脸。

“怎么又一个人跑来喝闷酒？”耳畔响起了对方醉醺醺的声音，“走，去我们那桌，我一个朋友正好在过生日。”

芒果先生刚想拒绝，就被对方连拉带拽推到了那桌。

那桌女孩子居多，只有一个男生，而且那男生正在和其中一个女生耳鬓厮磨。

这种局面让芒果先生有些尴尬，从骨子里讲，他并不是一个擅长和女孩子打交道的人物。

“来，我介绍一下，这就是今晚的寿星——龙舌兰小姐，你和她打个招呼。”她向芒果先生介绍完今晚的主人翁后，就把他推向了她，结果两人当即撞了个满怀。

“你谁呀？”龙舌兰小姐定睛看着芒果先生，带着迷惑的眼神。

“我是……”芒果先生一时间想不起那人的名字，于是只好用指尖示意，“那人的朋友。”

“唉，管你是谁的朋友……来，跳舞！”龙舌兰小姐当即极其流畅地牵起了芒果先生的手，带着他摇摆起来。

很少跳舞的芒果先生步伐有些僵硬，明显还没有适应龙舌兰小姐嗨的节奏。

龙舌兰小姐银鱼般的手指，轻轻地划过芒果先生的唇：“你这人好无趣，怎么这么矜持，估计是没喝酒吧？来，干一杯。”

她给芒果先生倒了一杯纯的龙舌兰，然后给自己也倒了一杯。

“喝纯的？不兑饮料？”

“饮料都喝完了！而且你到底是不是男的？是男人就干了！”说毕，她一饮而尽。

无奈之下，芒果先生只好也痛饮下去。他最不喜欢的就是这些烈性酒，所以他非常不痛快地扭曲着脸。

饮完这一杯，之前他点的龙舌兰日出鸡尾酒也调好了，酒保端了过来。

“这是你送给我的生日礼物吗？”似乎是酒精的缘故，龙舌兰小姐的脸很快地红了起来，就像被火光照耀一样红彤彤的，“你怎么知道这款鸡尾酒是我的最爱？”

芒果先生刚想说这是他给自己点的酒，龙舌兰小姐就把那杯鸡尾酒端起饮了大半。

“好像喝得太快了……”她突然一个趔趄，倒入芒果先生的怀里，令他的心脏暂时停止了一瞬。

“坐到沙发上去吧。”芒果先生撑起她无力的身躯，让她软软的脖颈靠在自己的肩头，挪到了沙发上。

她的闺密们自顾自地嗨着，丝毫没有觉察出寿星已经醉得不省人事了。而那个最先打招呼的既熟悉又陌生的不知名小姐，此刻也不知去向。

“今晚真是诡异透了。”芒果先生心想。

“为什么你总是不听我说话？”龙舌兰小姐躺倒在芒果先生怀里，发出尖锐却被严重压低的声音，“为什么都不听我说话……”

“我在听啊。”芒果先生莫名其妙。

“你从来都不听，从来都不听……”龙舌兰小姐呢喃道。

“看来她是把我当成别人了。”芒果先生心道。

“恨死你了！谁让你不听的！”她的眼中突然冒出一种烈烈燃

烧般的恨意。

芒果先生心觉不妙，刚想抽手，却还是晚了一步。龙舌兰小姐抓住芒果先生的手臂，张嘴一口啃了下去。

芒果先生的眼眉顿时因痛苦而弯曲，头脑似乎被一瞬间抵达顶峰的疼痛烧灼着。

“今晚真是糟透了。”芒果先生不由感慨道。

缪斯酒吧的洗手间人满为患，挤满了排队上厕所的人。

芒果先生站在洗漱池前，小心翼翼地清洗着被龙舌兰小姐咬伤的地方，那里有两道月牙状的伤痕，上面正汩汩地流着血。

“真不好意思……”龙舌兰小姐带着软趴趴的表情致歉道，“我当时喝蒙了，我喝蒙了就喜欢乱咬人，你别介意。”

“算了，一点诚意都没有。”芒果先生抽出纸巾，按住伤口。然后转身面朝龙舌兰小姐，带着一丝不悦地说。

忽然间，龙舌兰小姐凑了过来，鼻息暖暖地喷满了芒果先生的脸。随后，两片脆薄又清凉的唇印了上去，就像雪花飘落在冰面上刹那间的凝结。

芒果先生刚想开口说话阻止她，但一开口，对方灵活的舌头就顺势“滑”了进来，搅乱了他的所有思绪。

当龙舌兰小姐抽出舌头时，她手指贴在嘴上，一脸醉意地说：“这样致歉总该有诚意了吧!”

芒果先生怔愣当场，带着一种想不开的眼神陷入了深思之中。

吻完芒果先生的龙舌兰小姐，突然感到某种河水般巨大流量的血全部涌向她的胃部，酸酸的胃液被挤到了她的口腔里。

她连忙扑在洗漱池上，胃部的压力急剧上升到喉咙里，口水和眼泪瞬时流出来，呕吐物紧随其后，像山洪暴发般从口腔里喷射而出。

芒果先生看到这一幕，自己也有些作呕。他强行镇定下来，给她递上纸巾，顺带帮她把头发往后顺，以免她的头发沾上呕吐物。

龙舌兰小姐稍作喘息，回眸道："都怪你，如果不是因为吻你，我也不会吐！"

谁要你吻我的，真是……本来想用这番说辞抵回去的芒果先生，最终却改了口："好吧，你说怎么补偿吧？"

"我想吃烤串！"龙舌兰小姐笑了，她笑起来的样子，好似偷吃了鱼的猫咪。

缪斯门口就有许多烧烤摊，大多陈旧又破烂。

龙舌兰小姐摇摇晃晃地走到最近的烧烤摊上，那摊上的火炉已经生锈，装菜的碗盘亦褪色，看上去充满了不健康的感觉。

由于是芒果先生请客，龙舌兰小姐倒也不客气，点了烤翅、羊肉串、金针菇、土豆片、花菜、剥皮鱼……

大概是时间尚早，夜宵的客人并不多。于是龙舌兰小姐刚点完，老板就开始烹饪，熟练地拿着鲜嫩的食材在炽热的烤炉上全神贯注地翻来烤去，胡椒粉、孜然粉、辣椒粉一一撒进，油滴在烤炉上“嗤嗤”地响。火光跃起，照耀温暖着两人的脸庞。

龙舌兰小姐又拿了两瓶啤酒，撬开后给了芒果先生一瓶。

“还喝？”芒果先生震惊道。

“嗯，喝！今天我过生日，怎么能不喝？”

芒果先生只好勉为其难地和她碰了一杯。

“你是不是失恋了？”芒果先生打探道。

仿佛燃尽的火盆，龙舌兰小姐眼中的光芒渐暗：“是又如何，不是又如何，你以为你是心理医生啊?！能帮我解决心病？”

“我确实是心理医生啊，还是著名心理医生呢，网上可以查到的。”芒果先生得意地笑了。

“呵呵，还著名心理医生，百度百科上有你吗？你们这些男人，尽会吹牛！”龙舌兰小姐翻了翻白眼。

“如果百度百科上有我，你就把你的故事说给我听，可以不？”芒果先生眨眨眼。

“好啊！”龙舌兰小姐把手机浏览器打开，递给芒果先生，“自己输进去。”

芒果先生耸耸肩，从容地将输入完毕的手机递还给了她。

龙舌兰小姐接过手机，睁大眼睛看着屏幕，对比着百科上的照片与眼前的人，沉默十秒钟后，不由捂脸长叹，“不会吧，你真的是心理医生？你长得可不像个心理医生。”

“心理医生难道还非要长成什么样子吗……”芒果先生哭笑不得，“好了，按照约定，你该讲讲自己的故事了。”

“陪我干完这一瓶，我就讲。”她眼珠四转，就像一群水里的鱼忽聚忽散，忽东忽西。

“你要求还真多……”芒果先生无奈地说。

这是一个烂俗的异地恋故事。

但他们分手的原因却并不完全是因为异地，而是男方的家庭不愿意接纳龙舌兰小姐，只是因为她是单亲家庭。

不知道为什么，社会发展到现在，有些老旧的观念却仍没有得到改善，歧视无处不在，很多人依然认为单亲家庭的孩子精神状况或多或少都有一定的问题。

这其实是个很可笑的论断。

“所以你很恨他，因为他没有试图争取？”

“他是孝子啦，怎么能反抗父母？”龙舌兰小姐无奈地摊开手，“但我最在意的，并不是他没有试图反抗，而是……”

而是他的沉默。

在他们的感情没有受到男方父母的干涉前，他们是无话不谈的。特别是面对面的时候，任何心里话，他们都会互相交流，两个人每天都有说不完的话。所以有的时候龙舌兰小姐会很怕分离，因为一旦坐上飞机，她就暂时失去了那个可以一直说话的人。

但是没想到，她男友在父母的重压之下，变得越来越沉默，不再主动沟通，也不愿交流。哪怕两人飞到厦门度假，住在鼓浪屿的别墅酒店里，男方也是抑郁且阴沉的。正是这样的情况，促使龙舌兰小姐对他的失望越来越大，并最终决定放弃他。

“其实，最先被击垮的是他，而不是我。”龙舌兰小姐平静地拿筷子挑着金针菇说。

芒果先生下意识看了看自己手臂上仍在流血的伤口：“我感觉这件事给你打击挺大的，你好像在借机沉沦，放纵自己。”

“沉沦又如何？放纵又如何？他又不在意。”

“你的人生不是为他而活着的。”芒果先生握住了她的手，“是为自己而活着的。”

龙舌兰小姐不再说话，两人之间的空气仿佛降下了一层沉默的帷幕。

“至少你不能因为受了伤，就去咬另外一个男人吧。”芒果先生再次开口说话，试图幽默地救赎这不融洽的沉默。

“那个……关于咬到你的事，真不好意思。”似乎是因为酒精的缘故，龙舌兰小姐的脸烫得像是在发烧。

“没事，过几天就好了。”芒果先生抚摸了一下咬痕，似乎是在擦拭一枚勋章。

“其实在你出现之前，他给我发过微信，他说给我订了一张明早的机票，希望我能过去，好好坐下来谈一谈。你说我该不该过去？”发梢的阴影投射在她的前额，形成幽暗剪影。

“当你问我这句话的时候，你就已经做出了选择。”一阵凉风吹过，使芒果先生彻底冷静下来，“你心底并没有完全放下他，还是去吧。”

其实时间尚早，美好的夜才刚刚开始，他们两个缺人聊天的人还可以继续畅聊下去，彼此慰藉，直至天明。

但芒果先生并不想这么自私。

“我不知道见到他，该说些什么。”龙舌兰小姐犹疑了，垂下了脑袋。

“现在不用想那么多，见到他的一瞬间，你心里自会有答案。”芒果先生摸了摸她的头，“走吧，我送你回家，明早你还要赶飞机呢。”

这时芒果先生才发现，龙舌兰小姐的脸颊溢满了泪水，可她却仍在努力挤出一丝微笑：“谢谢。”

“没事，要坚信一切都会好起来的。”芒果先生的眼眸中洋溢着一股暖流。

酒吧就是如此，可以邂逅无数的陌生人，你不知道他们的名字，也不知道他们是谁，不知道他们的过往，也不知道他们的将来，不知道他们来自何处，也不知道他们即将去往何方……在那里，你可以畅所欲言、随意倾吐，毕竟两人相识的时光或许只有匆匆刹那。

可饶是如此，也并不是每一段邂逅都会发展成烂漫的爱情，未来也更不会久别重逢。但每一次擦肩，每一次相遇，每一次交流，必定是有它特殊的含义，它会让你明白更多，懂得更多。

兴许某一天，当你难过无助时，素未谋面的人会教你放下执念，义无反顾地送你前往你应该去的地方。

浮华
尘世
不忘初心

06. 爱上绿茶的哈密瓜先生

一直以来，哈密瓜先生都秉承这样的信念：当有底线的人也许没什么用处，但至少没什么坏处。

正是由于哈密瓜先生持有这样的信念，他的人际关系相当不错，是许多派对的座上宾。特别是青年富豪神秘果先生，凡是涉及大型的派对，一定会邀请哈密瓜先生。

哈密瓜先生是位小有名气的摄影师，每次参加完神秘果先生的派对，他都会献上一幅摄影作品，当做礼物赠予神秘果先生。

大多数情况下，照片的内容无外乎是神秘果先生的帅气身姿，或者是全景式地展现派对现场的奢华与瑰丽，唯有一次例外，照片的内容是一位清丽脱俗的女子。

她的名字叫做伏特加小姐。

哈密瓜先生一直在想，如果他没有邂逅伏特加小姐，命运是不是就是另外一番图景？但历史不容假设，现实世界没有如果。

那段经历翻篇后，哈密瓜先生在往后的午夜梦回里，总是会时不时地想起当天的场景，想起初见伏特加小姐时，她那抹意味深长的笑。

神秘果先生的派对一向以奢华著称，男男女女像飞蛾一般，在欢声笑语、香槟美酒间穿梭。

哈密瓜先生按照请帖上的地址，带着他的哈苏相机走进了金碧辉煌的别墅。

审美能力出众的哈密瓜先生，感到眼前的一切都是完美的，充满了质感，天然美景与人工建筑结合的十分巧妙，就像一件艺术品。

自助餐桌上有着各式餐点，充满哈密瓜先生所喜欢但平日里又很难吃到的鹅肝、松露、鱼子酱，还有烤得金黄的小全羊。

除开美食，脱俗的音乐也令他陶醉其中。在派对的高台处，有黑人在现场演奏着爵士乐，主唱的歌手貌似在某个大型晚会上见到过。

神秘果先生看到哈密瓜先生来了，亲切地寒暄了几句后就去应酬其他的社会名流去了。

哈密瓜先生于是孤零零地在派对里徘徊，吃点鹅肝、喝点鸡尾酒、拍拍神秘果先生的英姿，打算今晚就这样混迹过去。

“你是摄影师哈密瓜先生吗？”

正在哈密瓜先生大快朵颐之际，耳畔忽然响起了这样一个清澈的声音。

他回眸，看到了一位清丽脱俗的女子，她和参加晚宴的其他女性不一样，她只穿了一件极其普通的白衬衫和牛仔裤，脸上没有化妆的痕迹，发型清汤挂面，像极了甜美的邻家女孩。

“是啊。”哈密瓜先生有点懵。

“那能帮我拍一张吗？”她巧笑嫣然。

“好啊，没问题。”他们对视时，烟花正好燃放，璀璨的焰火映满了两人的瞳仁，仿佛有团火在两者眼眸间流转。

伏特加小姐意味深长地笑着，笑容里有着一种花蜜般甜美的芬芳。

伏特加小姐自称在上海经营过一家会展公司，后来由于种种原因，没能支撑下去。于是关闭公司后，她决定回到大学所在的城市，重新起航。

她大学就读的是江城大学，正巧哈密瓜先生也是。

“原来我们是校友啊！”正在拍摄的哈密瓜先生眼中流露出无法掩饰的惊喜。

“说不定我们曾经擦肩而过，只是当时不知罢了。”站在别墅的泳池边，伏特加小姐用手将额前一绺垂下的刘海掠至耳后，露出珍珠般白嫩的耳垂，“我那时经常去大学后门的 Helens，我很喜欢那里的气氛。”

“Helens？我大学时也经常去。”

“哈哈，我就说吧，我们当时肯定见过。”伏特加小姐抿嘴笑道。

虽然哈密瓜先生知道这种事情概率极低，但是他依然觉得两人之间的距离拉近了不少。

“我刚才听到有人在议论，说你下周有个摄影展？”正在给哈密瓜先生当模特的伏特加小姐话题一转，眨着眼睛问。

“是啊，在省美术馆。”

“需要助理吗？不要薪水的那种。”她笑着说，眼神清澈明亮，“反正我现在没事情做，不如当你的助理。”

哈密瓜先生挠挠脑袋：“那多不好意思……”

“有什么不好意思的，都是校友嘛。”她的眼里有两簇深深跳动的火焰，其热情让哈密瓜先生无力拒绝。

一周后的摄影展相当成功，这得益于伏特加小姐的鼎力相助。

伏特加小姐不愧是曾经的展会经营者，相关流程都很清晰明了，面对重要客户也能恰如其分地将哈密瓜先生推介出去，让哈密瓜先生省去不少麻烦。

哈密瓜先生为了答谢她的帮忙，邀请她去 KATSU HOUSE 共进晚餐。

吃饭的间隙，伏特加小姐问哈密瓜先生一般晚上的时间如何打发，哈密瓜先生说基本都在修图。

“那今晚呢？也准备修图吗？”她笑着，笑容如同初夏的阳光。

哈密瓜先生的目光里有一种特别的情绪在跳动，伴随着心跳的频率，一起一伏："你呢，今晚打算去干什么?"

"我啊，打算和大学时的闺密们在 Helens 聚聚，要不你也一起？重温一下大学时光。"

"好啊，自从毕业后，我也一直没去过 Helens 了……其实也挺想念的。"

"那就这么愉快地决定了!"伏特加小姐眨眨眼，拽着哈密瓜先生就往外走。

"有必要这么赶吗?"哈密瓜先生很奇怪。

"去晚了 Helens 就没位置了……"伏特加小姐拉着哈密瓜先生的手往前走着，哈密瓜先生感到手心的温暖是如此真实，驱散了他心底积淀已久的寂寞冰凉。

Helens 矗立在湖畔，像一栋古色古香的林中小屋。透过厚重的玻璃，可以看到里面闪着温馨的光芒。

哈密瓜先生和伏特加小姐走进去时，已经是晚上九点了，里面已然热闹非凡，到处都是抽着水烟喝着扎啤的年轻学生。

伏特加小姐落座后，目光陷入了持久的回忆之中，奔流般涌出的记忆在此时此刻雨后春笋般茂密繁盛起来，将她完全吞没。

"不介意我抽根烟吧?"伏特加小姐问。

哈密瓜先生说不介意，其实他是不喜欢烟味的，但伏特加小姐要在他面前抽烟，他却同意了，真奇怪。

她点了一支名为“黑魔鬼”的女士烟，漂亮的烟圈犹如皮屑角质一般不断生成又不断脱落。

她吐了一口烟圈，双目迷离，似乎是在回忆中跋涉。陷入回忆之中的她，模样十分动人，水光潋滟，惹人怜惜。

哈密瓜先生晃了晃酒杯里的伏特加，闻着酒液的芬芳，注视着伏特加小姐，一动也不动。

此时此刻，Helens 里嘈杂的乐声与觥筹交错声仿佛停止了，远离了。

只剩无边的静谧。

伏特加小姐的手机屏幕闪烁了一下，是闺密的微信消息，告知即将抵达。

“我闺密等下过来后，如果掏钱买酒的话，你记得抢着先付，这是绅士风度。”伏特加小姐放下手机，目光没有停留在哈密瓜先生身上，似乎有些心不在焉。

哈密瓜先生点点头，有些紧张地四处张望。

“你是不是很少来酒吧?”伏特加小姐瞧出了端倪。

“是啊。”哈密瓜先生的呼吸变得很是粗重，“我平日挺宅的。”

“那可不行，你身为一个摄影师，应该出来多多体验生活。”她站起身，裸着腿的她，皮肤美得好像过了层釉，“趁我最近清闲，我决定带你把江城的酒吧逛个遍!”

“好啊，没问题……对了，你起身准备去哪里？”哈密瓜先生显得有些焦虑。

“怎么，怕我溜了？”她神情调皮，“我去门外接我闺密们，你就安心待在这里，放心，我是不会丢你下的！”

她走到哈密瓜先生面前，将他手中的酒杯夺去，将杯中酒液一饮而尽，喉咙随着酒液流淌上下滚动，“你喝得太慢了，等下可不能这样……”

那晚，哈密瓜先生第一次尝到了众星捧月的感觉。伏特加小姐的闺密个个都是大美女，本就是万众瞩目的焦点，而今却都围绕在哈密瓜先生周身，让他成为了当夜 Helens 最闪亮的存在。

那些没有把到妹子的单身男士，全部带着嫉恨的眼神望着他，让一直在派对之中充当配角的哈密瓜先生头一次尝到了当主角的感受。虚荣带来的快感让他抵达高潮，于是他发自心底地开始眷恋伏特加小姐。

往后的数周，都是伏特加小姐带着他度过的。

他们天天都在酒吧泡着，夜夜笙歌、纸醉金迷。哈密瓜先生的积蓄疯狂地消耗着，可他不在乎，他乐在其中。

其中印象最深刻的一次，是在 Zozo。

Zozo 里的灯光有些暧昧，音乐和之前所处的酒吧也不同，是真人演绎的民谣。演唱者是一位相貌清新的女歌手，声线里带着一丝淡淡的悲伤，一抹暖暖的温柔。

伏特加小姐踏着音乐的节奏，和哈密瓜先生一起来到Zozo落地窗附近的卡座里。似乎是灯光的原因，他们互相注视的眼神如窗帘一般半遮半掩，仿佛在这晦涩的灯光下多了一丝稍纵即逝的暧昧。

他们点了很多杯“醉生梦死”，玩起了纸牌游戏，游戏规则是比大小，点数低的一方要喝光一整杯“醉生梦死”。

伏特加小姐不愧是老玩家，她手指纷飞如蝶翼，将牌全部打散后混合到一起，紧接着一气呵成开始发牌。

她发了彼此各自五张牌后，开始一一将牌翻开，比点数大小。所有牌翻开后，她愣住了，目光中饱含深深的困惑。

两人的牌居然是完全一致的。

“我从来没遇到过这种事……从概率学上讲，这近乎是不可能发生的事！”她又开始重新洗牌，修长白皙的指尖划动扑克牌，将它们混乱地重新组合到一沓。

结果发完，又是一模一样。

“看来我们真是有缘啊。”她的笑容先是在嘴角徘徊了片刻，而后慢慢地渗透进那双勾人的大眼睛里，“不行不行，这么有趣的一幕我要拍照留念！”

她用手机拍下整副牌组，然后发到朋友圈，上面简明扼要地写着两个字：“缘分。”

哈密瓜先生当即秒赞。

“既然这么有缘分，那我决定亲手给你做一顿饭，明晚记得来我家。”她的眼眸亮晶晶的，好似夜空繁星都坠在了她那双眸子里，撼人心魄。

“你还会做饭呀？”哈密瓜先生睁大了眼睛。

她薄绢般的手指，轻触着他的唇：“怎么？难道我的手不像做饭的手吗？”

哈密瓜先生感到她的手像落雪擦过发际线般轻软。

“还真不像……”他喃喃道。

翌日黄昏，哈密瓜先生提着两瓶伏特加走进了伏特加小姐所在的小区。

按完门铃，伏特加小姐探出脑袋来，眼睛里带着别样的欣喜。

“啧啧，居然买了我最爱的酒！真棒！”收下酒后的伏特加小姐眉眼弯弯地说，“走，先陪我去买菜。”

“买菜？”

“是啊，不买菜怎么做饭？”伏特加小姐飞快地穿上鞋，拽着哈密瓜先生就往外奔。

来到菜场，他们就像一对新婚夫妇一样挑选着晚上所需的食材，有时伏特加小姐还会被店家调侃，说难得看到你男友现身陪你买菜。

哈密瓜先生听闻，双颊居然微微泛起红晕。

两人提着新鲜的食材，返回了伏特加小姐的家。

在伏特加小姐烹饪美食的间隙，哈密瓜先生开始观察她的居所。发现她的房子居然是一套三室两厅两卫的大户型，这对于一个刚从上海回来没工作的女生而言，是不是太奢侈了？而且整个装修完全没有女孩子的气息，冷色调的装饰风格更像一个商务精英所居住的环境。

“你东张西望啥呢？”伏特加小姐在厨房冷不丁地问了一句。

“没什么，随便看看。”哈密瓜先生返回厨房，看到伏特加小姐正在用冷水洗菜，“用冷水洗手不冷吗？”

“习惯了。”她的声音十分通透，有着玻璃一般的冰冷质感，“而且用热水洗菜会丧失菜的营养。”

哈密瓜先生注视着她那被冷水浸泡后通红的手，忽然有种心疼的感觉。

“哎呀，忘了一件事。”她忽然回眸，“你能去小区的超市买一大瓶绿茶吗？伏特加要兑那个才好喝，否则太烈了。”

“好。”正愁无所事事的哈密瓜先生当即领命而去。

买好一大桶绿茶的哈密瓜先生闲庭信步地往回走着，一路上发现小区内停了不少高档轿车，一看就是城中显贵居住的地方。

“住这里租金肯定不菲……”他越想越觉得蹊跷，总觉得依照伏特加小姐现阶段的财务状况，住这里实属牵强。

待他慢慢地走回伏特加小姐的家时，太阳已经完全落山了，周遭开始逐步被寒气与黑暗所笼罩。

进屋后，餐桌上已摆满了丰盛的菜肴，餐桌上方的璀璨吊灯将食物照得极其有质感，令人垂涎欲滴。

“去趟超市怎么花了这么长时间？”将碗筷摆放整齐后的伏特加小姐把座位拖了出来，示意他入座，“赶紧吃，免得凉了。”

“回来的路上在小区里逛了逛，就耽搁了……”哈密瓜先生打开伏特加与绿茶，将它们按比例混合，倒进醒酒器里。

就在这时，头顶上的吊灯突地熄灭了。

餐桌上的吊灯是屋内唯一的光源，熄灭后，整个房屋陷入一片漆黑之中，伸手不见五指。

“是停电了吗？”哈密瓜先生疑惑地问。

黑暗中忽然亮起了一簇温暖的火光，它源自于伏特加小姐手中的烛台。

那是一架摩洛哥彩色星星烛台，里面的火光就像海岸线上的灯塔，吸引着哈密瓜先生，让他被一种连自己都无法诠释的身体冲动所控制，朝光贴近。

“吊灯我设了定时开关，所以它才灭的。”伏特加小姐将烛台轻轻地置于桌上，“你不觉得这样就餐更有气氛吗？”

黑夜如同巨大的网，侵染每一寸空间，唯独这小小的烛台散发出温馨的光芒，让哈密瓜先生感受到了前所未有的浪漫风情。

曾几何时，哈密瓜先生以为自己已心如止水，岂知只是未曾风起罢了，风一起，就是一圈圈荡漾的涟漪。

他们畅饮着兑着绿茶的伏特加，听着 Beats Pill+传出的圆舞曲，聊着与摄影有关的话题，言谈甚欢地将食物“清理”得一干二净。

“我的手艺不错吧?”伏特加小姐眨眨眼。

“挺好吃的。”哈密瓜先生点头称是，“我都吃撑了。”

“那得起来活动活动了。”伏特加小姐将哈密瓜先生拽起，“你会跳华尔兹吗?”

“啊，不会呢……”哈密瓜先生手足无措。

伏特加小姐将他拥住，让他感到浑身被一股暖流包围着。

“没事，我来教你。”她搭住他的手，随着圆舞曲的节奏，在宽大的客厅里挪开了舞步。

哈密瓜先生感到她就像一阵风，而他只不过是随风旋转的一片落叶。

一曲终了，他们紧紧地相拥在一起，滚烫的气息在两人之间流转，如同炙热的熔岩。

她用手臂圈住哈密瓜先生，用头轻轻地摩擦他的肩膀。

“这么美好的夜晚，你不觉得应该吻我吗?”伏特加小姐传出如同爱语一般的声音。

哈密瓜先生此刻的灵魂已然迷失，深陷于一种无法逃离的情绪漩涡里。他颤抖着捧起伏特加小姐的脸颊，深深地吻了下去。

空旷的夜色仿佛都被这个吻渐渐填满。

忽然，美妙的乐声戛然而止，转换成了聒噪的铃声。

伏特加小姐听到铃声，神色一变，与哈密瓜先生纠缠在一起的舌尖连忙脱离：“不好意思，我接个电话。”

她拿起手机并示意哈密瓜先生保持缄默，然后接通了电话。

疑窦丛生的哈密瓜先生走近伏特加小姐，侧耳倾听。手机里传出了一个熟悉的男音，好像是神秘果先生。顿时，他的眼神开始变得黑暗、深邃、冰冷，好似冬夜里的湖水。

伏特加小姐以一句“亲爱的”作为开头，亲昵地说了一番话后，又以一句“么么哒”作为结尾，挂断了手机。

此刻哈密瓜先生已经将屋内的灯光全部打开，让暧昧的阴影消散无存。

伏特加小姐呆呆地望着黑暗中一盏盏亮起来的灯，诧异地问：“怎么啦？你怕黑？”

“如果我听得没错的话，刚才给你打电话的人是我们共同认识的吧……”哈密瓜先生凝重地问。

伏特加小姐的目光犹如凋尽芬芳的花朵，承认了刚才致电的是神秘果先生。

哈密瓜先生呼吸困难，整个人如冻僵般动弹不得：“你们是什么关系？”

“我是他的情人。”伏特加小姐很坦白。

“你知道他有老婆吧?”

“知道。”

“那你怎么能这样！你这岂不是成了绿茶婊?”

“你懂什么?”伏特加小姐似乎被“绿茶婊”三个字激怒了，声音忽然高昂起来，“我在上海的公司经营不善，欠了放贷公司一屁股债。我还不起钱，他们就天天恐吓我，弄得我连自杀的心都有了。如果不是他帮我解围，我早死了!”

“天呐！所以你就选择这样报答他?”哈密瓜先生本就不平静的心，在焦虑与混乱中愈发疯狂起来。

“你凭什么激动？你又不是我男友!”伏特加小姐冷酷的视线瞬间将哈密瓜先生冻结。

哈密瓜先生心里突然闪过一丝难过，眼眶居然有些湿润，不由合上了眼。

“听着，我们不过是两个寂寞的人在一起取暖罢了！你以为我们在谈恋爱吗？我们不需要对彼此负责，更不需要拿道德的标杆要求对方。”伏特加小姐给自己点了一支“黑魔鬼”，烟雾就如同有毒的墨汁一样在空气中扩散。

哈密瓜先生忽然感到有些心灰意冷，他想回家了。

“对不起，我有点累了，先回去了……”哈密瓜先生黯然地披上外衣。

“你如果现在走了，以后我们也就别见了。”伏特加小姐忽地蹲坐在地，把头埋进双臂中，肩膀有些微耸，倔强得不肯发出声音。

这时的哈密瓜先生在犹疑片刻后，最终还是选择毅然推门而出，将爱情的萌芽扼杀在了身后的那扇冰凉的门里。

屋外的夜色更加黯淡，像是抖着灰尘坠落的沉重帷幕。

之后的岁月，哈密瓜先生再也没有见伏特加小姐，也没有再参加神秘果先生的派对。他改变了作息，过上了清素的生活。虽然伏特加小姐没有拉黑他，但是那张写着“缘分”二字的朋友圈状态，却被删得一干二净。

两人第一次邂逅时的照片，哈密瓜先生洗了出来，照片上的伏特加小姐清美无比、秀丽脱俗，根本不像一个当情妇的女子。

其实哈密瓜先生明白，那天晚上他如果放纵自己，不离开那间屋，也是可以的。可是人必须要有底线，并且忠于自己的底线。

无论如何，伏特加小姐都是神秘果先生的女人，而他作为神秘果先生的朋友，是断然不能和她上床的，哪怕仅仅只是寂寞时的相互取暖。

他知道自己爱过她，就足够了。哪怕这个爱还未开始，就草草结束。

毕竟这世上有一些瞬间的存在从开始就是为了被缅怀，某一些笑容的绽放从开始就仅仅是为了被回忆。该过去的总会过去，该翻篇的总会翻篇，就像浓得化不开的夜色总会被阳光所驱散。

哪怕扎根于淤泥浊水之中，遍体鳞伤也要奋力前行

07. 不知道拒绝的蓝莓先生

蓝莓先生是在一个读书会活动上邂逅白兰地小姐的。

那是一个大型读书分享会，演讲嘉宾是一位德高望重的老作家。蓝莓先生作为老作家的忘年交，位列嘉宾席。

蓝莓先生年少多金，是一位根正苗红的富二代。在家族企业任高管职务的他，私底下则是一位文学爱好者。他财源滚滚，自然出手阔绰。千金散尽的作风在清贫的文学圈很吃得开，许多作家都和他成为了好友，每逢文学圈的活动，一定会邀请他当座上宾。

白兰地小姐则是此次读书会的主持，她漂亮、知性又有学识，对《红楼梦》颇有研究，是中国红学会的成员。人靓又有才，平日里自然也不缺乏追求者，可她一直还是单身。她的闺密问她为什么总是对追求者挑三拣四，她说她不愿将就，她一定要等到那个心目中的白马王子降临。

没想到她还真等到了。

她初见蓝莓先生的瞬间，内心那金黄的稻穗就开始掀动无数涟漪，此起彼伏。

“来来来，我介绍下。”老作家很有范地将两人招呼到一起，“这个圈老家伙居多，很少有你们这样的年轻人。你们应该认识认识，交个朋友。”

“很荣幸认识你。”白兰地小姐脸上的红晕就像染遍天边的胭红色晚霞。

“我也很荣幸。”蓝莓先生礼貌地和她握了握手。

两手分开的一刹那，白兰地小姐感到自己的力量像被吸管吸走似的，荡然无存。

那场活动白兰地小姐发挥极佳，现场气氛很是热烈。老作家眼见活动大获成功，自然也心生欢喜，在活动结束后的晚宴上，老作家特地安排白兰地小姐和蓝莓先生坐到了一块。

白兰地小姐于是和蓝莓先生自然而然地攀谈起来，在得知蓝莓先生所属的家族企业是经营的院线后，她笑道：“那不是在你家的院线看电影不要钱？”

“嗯嗯。”

“哈哈，我最喜欢看电影了，那以后我看电影就找你！”

“没问题。”蓝莓先生做了一个“OK”的手势。

之后白兰地小姐开始聊她最喜欢的作家萧红，作为资深文艺爱好者的蓝莓先生对这种话题驾轻就熟，就《呼兰河传》与她展开了深入的探讨，以至于晚宴结束，两人都还有些意犹未尽。

“今晚聊得真尽兴。”蓝莓先生感慨道。

“可惜今晚时间太仓促了。”白兰地小姐似乎有什么话想说，却又难以启齿，不断地转动着腕上手镯。

“不要紧，下次还会见面的。”

“所有的相遇都是久别重逢，所有的分离都是后会无期。”白兰地小姐的眼神欠缺生气，仿佛墙上的空洞，“我们很难再见了……”

“为什么这么说?”蓝莓先生愣住了。

“因为如果你真还想见我，就应该现在就约好下次见面的时间，否则只不过是敷衍我罢了。”她紧张而颤抖的声音，正是她的内心写照。

“那就明天吧。”蓝莓先生感到有一种不可抵挡的力量迫他就范，“晚上在 Y Oyster Lounge 见，如何?”

“明天下午你很忙吗?”

“不忙啊。”蓝莓先生挠挠脑袋，没搞清楚白兰地小姐的思路。

“那下午接我去看电影呗。”白兰地小姐绽开笑靥，“正好看完电影去 Y Oyster Lounge，不是更好吗?”

蓝莓先生是一个不懂得拒绝的好人，面对白兰地小姐的这番提议，他只能点点头。

蓝莓先生和女友是异地恋，虽然相隔万里，但两人感情很好。每晚临睡前，蓝莓先生都会和女友通很久很久的电话，汇报每天的生活动态。

电话里，他如实地汇报了和白兰地小姐的邂逅，并交代了第二天的行程。对他充满信任的女友非但没生气，还笑吟吟地说：“那你可要好好珍惜这位‘红颜知己’，毕竟能遇到兴趣一致谈得来的朋友实在是太罕见了。”

见女友如此说，蓝莓先生更加感到不能辜负女友对自己的信任，他打算明天和白兰地小姐吃完晚饭就回家，绝不多耽搁。

而与此同时，白兰地小姐为了给蓝莓先生留下特别的印象，当晚就杀到专卖店，花了血本购置了一件 Chanel 黑色性感小礼服。

睡前，她满怀欣喜地期待着和蓝莓先生的约会，在甜甜的期许中进入了梦乡。

由于是在蓝莓先生自己的影院看电影，他就利用权限包场了一间 VIP 厅。偌大的影厅内，除了蓝莓先生和白兰地小姐，再无他人。

号称最喜欢看电影的白兰地小姐，在事后却完全忘记了电影的内容，只记得蓝莓先生那专注地望着银屏的侧脸，以及空荡荡犹如无垠海洋的影厅。

从影厅出来后，蓝莓先生接到一个电话，是神秘果先生打来的，他说今晚正好有空，要不今晚见。

神秘果先生是一新晋青年富豪，有着强大的背景，人脉关系甚广，上至王公贵族，下至贩夫走卒，都有他的弟兄。在江城可谓风头无二，势不可挡。大家都知道他的后备箱常备一把伯莱塔M92F手枪，却没人敢查他。

面对如此关系通天的大人物，蓝莓先生的家族自然希望能利用他的人脉渠道搞定开发区的院线项目，于是一家之主下令让蓝莓先生和他走近。

“今晚吗？”不知道拒绝的蓝莓先生有些为难，毕竟和白兰地小姐有约在先。

“怎么，你有约呀？”敏锐的神秘果先生听出端倪，“那就带朋友一起过来呗，朋友的朋友也是朋友嘛！我在王子厨房等你们。”

蓝莓先生“嗯嗯”挂掉电话，面朝白兰地小姐道：“我有个朋友想今晚见我，如果你不介意的话，一起去可以吗？”

“没问题啊。”白兰地小姐还有一句话咽回了喉咙里，那句话是——只要有你，去哪都行。

神秘果先生是一个讲究的人，赴他的宴要格外小心，如果显得不体面，那么他就会当成是对他的不尊敬。

为此，一直刻意保持低调的蓝莓先生不得不开出他的玛莎拉蒂充台面。

“我好像记得昨天读书会你开的是福特野马……”坐进副驾驶位置的白兰地小姐说。

“哦，我有几辆车。”蓝莓先生淡淡地回应。

“那为什么今晚开玛莎拉蒂呢？”白兰地小姐很想知道他这样优待她，是不是因为对她有那么一丁点喜欢。

蓝莓先生本来想说实话的，但话到嘴边又觉得说来话长，于是选择敷衍一下：“因为和你今天的裙子更搭嘛。”

白兰地小姐的心就像波涛一样激荡开来。

如果说命运是条河流，那么那晚就是蓝莓先生命运中的一个尼亚加拉大瀑布，事态的发展从那一晚之后，就滑向了不可挽回的深渊。

多年以后，蓝莓先生都在思索，如果当晚自己没把白兰地小姐带给神秘果先生认识的话，是不是负罪感会少很多。

当蓝莓先生携白兰地小姐推开王子厨房 8888 号包厢时，神秘果先生就眼睛一亮地从沙发上站了起来。

“嗨，你好！”白兰地小姐落落大方地与神秘果先生打着招呼，似乎是想给蓝莓先生的朋友留下一个好印象。

蓝莓先生介绍了一下白兰地小姐，然后落座了。

“原来是主持人，幸会幸会。”神秘果先生目光如网，仿佛能一把捞住人的心。

“没有啦，只是一民间组织的主持人，又不是电视台的主持人。”白兰地小姐捂嘴笑道。

“那也不错啦。”神秘果先生招呼道，“想喝点什么？白兰地如何?”

“好啊，我最喜欢白兰地了。”白兰地小姐说。

白兰地上桌后，三人小酌了几杯，白兰地小姐的脸庞逐渐晕红如火。那副情态，就如小女孩偷吃禁果似的，有着三分羞涩，七分期待。不过这些羞涩、期待，都是朝着蓝莓先生绽放的。

这一行径被神秘果先生看在眼底，撩拨出了他内心深处的征服欲。

酒过三巡，菜过五味，气氛渐渐融洽，少了初见时的生疏，神秘果先生也逐渐放开，言语少了许多顾忌。

“这可是他第一次带美女见我。”神秘果先生调侃道，“可见你在他心目中地位不一般。”

白兰地小姐偷笑。

蓝莓先生赶紧插话：“哪有，别瞎说。”

“地位应该仅次于他正牌女友吧。”神秘果先生这句话刚一说完，白兰地小姐的脸色就变了。她下意识撇过脸，阴影打在她脸上，如同扭曲的蛇。

“你有女朋友?”仿佛在鉴定一般，白兰地小姐用尖锐的眼神望向蓝莓先生。

“是啊。”蓝莓先生倒也坦荡，直接点点头。

强烈的晕眩感朝白兰地小姐袭来，就像正在播放的影像突然发生错误一般。

“难道你不知道?”神秘果先生身子贴近她，顺手将她揽住，

“他们谈了很久，一直很恩爱。”

蓝莓先生看着神秘果先生搂住了白兰地小姐，心里略微有些不舒服，毕竟是他带来的朋友，怎么二话不说就搂上去了呢？

“是吗？”蓝莓先生那难受的表情反倒刺激白兰地小姐主动贴近了神秘果先生，“那我可真是羡慕呢！”

搂在一起的两人当即又碰了一杯，高浓度的液体自喉部滑落腹部，带着滚烫的痕迹。

“你们少喝点，白兰地容易醉。”蓝莓先生看他们喝得有点猛，关心道。

“你管我们？我们喝得正开心。”神秘果先生皱眉道。

碍于神秘果先生是他们家族需要巴结的对象，蓝莓先生忍着没发作。

“少喝点吧，明天你还要上班呢。”蓝莓先生见劝说神秘果先生无效，就开始劝说白兰地小姐，顺势想拿开她的酒杯。不料白兰地小姐“啪”地打掉他的手，愠怒地说：“要你管！”

仿佛被冰雪冻结，蓝莓先生的表情开始萧瑟凄凉。

“你知道吗？我从见你的第一眼就喜欢上你了。”白兰地小姐的视线如同长了刺的篱笆，有一种刺痛人心的感觉，“但你却有女朋友了！”

听到她这番突如其来的表白，蓝莓先生动弹不得，像是被施了咒语。

“没关系，他有女友我没有嘛。”神秘果先生接着将白兰地小姐拽回怀里，“别理他，我们喝我们的。”

是的，你没有女友，但你有老婆啊！本想说出这番话的蓝莓先生，硬生生地将话语咽了回去。他眉头紧蹙，如坐针毡地在一旁挑着盘里的炸三文鱼天妇罗。

对面两人越喝越开心，好像完全忘记了蓝莓先生的存在。

蓝莓先生眼看局面越来越不在他的掌控之中，偷偷地溜出去把单结了。

结完账，他站在空寂的走廊上，感到很不是滋味。

他不是情感白痴，他看到白兰地小姐的第一眼，就从她欣喜若狂的眼神中读出爱意，可他已经有女友了，他不可能和她在一起。

再说了，如果按照对得起女朋友的角度考虑，他现在就应该直接走，反正留下白兰地小姐后，神秘果先生定会对他这种“成人之美”的作风表示嘉奖，开发区的院线项目毫无疑问会给蓝莓先生的家族。

可蓝莓先生是一个好人，正因为他是一个好人，他不能允许喜欢自己的女人成为神秘果先生的小三。那样传出去，白兰地小姐就身败名裂了。特别是在捕风捉影的文化圈，这点可是致命伤。

他把杂乱的思绪深深地吸进体内，又毫无保留地吐出来。最终，他鼓起勇气，还是选择推开了包厢的大门。

一推开门，蓝莓先生的脸色当场黑了下来。

他看到神秘果先生正准备吻白兰地小姐，而她正在无力地回避着。

蓝莓先生假意咳嗽一声，中断了神秘果先生的“好事”。

“那个……时间不早了，我送她回去吧。”蓝莓先生将白兰地小姐的包从沙发上拎起，塞入她的怀中。

神秘果先生慢慢地立起来，眼眸里有遏制不住的火焰在慢慢燃烧：“这么早回去干什么？走，去誉·公馆唱唱歌。”

“还是回去吧，她明天还要上班呢。”

“我不回去！要回去你回去，反正你要陪女朋友，我又没有男朋友要陪，回去干什么！”白兰地小姐忽然起身，小鸟依人地靠在神秘果先生的怀里，她似乎力图通过这种方式让蓝莓先生感到难堪。

不得不说，蓝莓先生还真是感到难堪了。

“那还是一起行动吧。”蓝莓先生叹息道，“正好等等司机，我叫我们公司的司机在誉·公馆楼下候着。”

“司机？”

“是啊，我们都喝了点酒，总不能醉驾吧，万一碰到交警怎么办？”

“呵呵，交警算个屁，警察局局长可是我派对上的常客，交警能把我怎么样？”神秘果先生不屑地说。

“还是安全第一嘛，谁都不希望出事。”蓝莓先生忍气吞声道，“好了好了，我们快去誉·公馆唱歌吧。”

誉·公馆装修奢华、令人炫目。光唱唱歌不点小食饮品，每小时就是接近四百块。

坐在金碧辉煌的誉·公馆内，蓝莓先生却一点都不开心。他看着神秘果先生和白兰地小姐搂在一起对唱情歌，犹如芒刺在背。

“这么晚了，你爸妈不担心你吗?”蓝莓先生问。

白兰地小姐是本地人，一直和父母居住在一起。

“没事，待会和他们通个电话，报个平安就行。”

“哦。”蓝莓先生打定主意，在白兰地小姐离开包厢去打电话的间隙，将她截住。

一个小时后，白兰地小姐外出通话之际，蓝莓先生尾随在后，待她通话结束，就劈头盖脸道：“你能不能别这样?”

“你知道吗?你真心喜欢的，和真心喜欢你的，通常这辈子只会各遇到一次。往往有人失去了第一个，又错过了第二个。”

“所以呢?”

“所以你不该错过我。”白兰地小姐咬着嘴唇，仿佛缠住不放似的眼神望着蓝莓先生。

“但是我有女朋友啊……”蓝莓先生头疼地说。

“你有女朋友是你的事，我喜欢你是我的事。”白兰地小姐执拗地说，“这是两件事。”

蓝莓先生的头更加疼了，他觉得白兰地小姐丧失了逻辑。

“而且我知道，你在乎我。”白兰地小姐美眸飘转，“你之所以不接受我，并不是因为你不喜欢我，只是因为你是个好人，你不能对不起女友！”

“你从哪点看出来我在乎你？”蓝莓先生反问。

“如果你不在乎我，你管我干什么？”她脸上挂着一副对什么都不满的表情，“承认吧，你是喜欢我的。”

“承认喜欢你又能如何？我不可能背弃女朋友和你在一起！”

“你已经背弃了。”白兰地小姐突然踮起脚尖，嘴唇贴上了蓝莓先生的唇。

蓝莓先生原本僵硬的嘴唇，在白兰地小姐舌头的滋润下，慢慢地打开了，炙热的气息传送了过去。

像是要将别人的东西夺到自己怀里一般，白兰地小姐激烈地吮吸着蓝莓先生的舌头，狂野又缠绵。

一吻终了，白兰地小姐嘲讽地笑了起来：“背弃女友的感觉怎样？”

“这就是你想要的？！”

“我就是想让你知道，当一个所谓的‘好人’是多么愚蠢的事，你又怕让你女朋友受伤，又怕让我受伤，结果只会是两败俱伤！”白兰地小姐幽幽的目光似乎穿透了蓝莓先生的皮囊，在他心头撒上了一层灰烬。

“我要回去了。”白兰地小姐看蓝莓先生的眼神很不礼貌，语气中带着点戏谑，“你送不送我？”

“送你回家吗？”

“不，我要回你的家。”白兰地小姐的笑就像一阵潮湿的风，“我要去你家，如果你不让，我就让他送。你猜猜，如果他送我，会把我送去哪里？”

“你这是何苦呢？”

“我要逼你一把。”她的笑容仿佛食人的蛊，“你不是想当好人吗？我看你面对这种情况怎么当！”

“你疯了。”蓝莓先生转身想离开，但手却被白兰地小姐拽住了，她的手仿佛冰蚕织成，凉到骨子里。

就在此时，蓝莓先生的女友打电话过来了，毕竟时间已经很晚了，到了两人约定俗成的通话时间。

蓝莓先生尴尬难言，与白兰地小姐相连的手不由自主地像是上紧发条般弹开。

“慢慢和你的女友煲电话粥吧。”白兰地小姐的脸变成了冻苹果般的青白色，“我走了。”

握着手机的蓝莓先生不敢追上去，脚上的神经像是被重物压住，沉重又痛苦。

待蓝莓先生和女友通话完毕，他急速返回包厢，发现那里已经人去楼空。

他问服务生，服务生说他们已经走了。

他掏出手机，开始拨打神秘果先生的号码，不料对方显示拒接。心急如焚的他连忙又打给白兰地小姐，得到的却是“对不起！您拨打的用户暂时无法接通，请稍后再拨”。

他拔腿就跑，脚下生风似的冲下楼。

来到誉·公馆外，他看到公司的司机正在那候着。

“刚才有没有看到一男一女走下来?”蓝莓先生气喘吁吁地问。

司机回道：“有，他们已经取车走了。”

“开的是不是一辆黄色的兰博基尼?”

“是。”

蓝莓先生接着问：“你知不知道他们往哪个方向开了?”

“大概是往沿江大道的方向。”

“快，往那个方向追。”蓝莓先生将玛莎拉蒂的钥匙抛给司机，然后自己以最快的速度坐进了副驾驶位。他失去了一直以来保持的淡定，取而代之的是烧灼般的焦躁感。

车子开得很快，好似云霄飞车般风驰电掣，可惜再快的车也追赶不上命运的步伐。

玛莎拉蒂开到沿江大道马可孛罗酒店门前时，蓝莓先生大喊一声“停!”

玛莎拉蒂一个急刹，停在了马路边。

“怎么了？少董。”司机问。

“是那辆车吧？”蓝莓先生颤抖着指着马可孛罗酒店门前的黄色兰博基尼，“我没看走眼吧……”

“没有。”司机确信，“他们就是坐着这辆车走的。”

愤恨、心酸、忧虑，令蓝莓先生的眉毛陡然一压。

他不知道自己是怎么走到酒店前台的，也不知道自己是怎么突然变得激动的。他只记得他对酒店的前台咆哮：“我不管那么多！快把开兰博基尼那家伙住的房号告诉我！”

“对不起先生，我们不能泄露顾客的信息，那样会触犯客人的个人隐私权。”前台小姐一脸无奈地说，“如果被发现我们泄露顾客的信息，我们会被起诉的，希望先生您能体谅我们。”

愤怒如恣意生长的荆棘，占据了蓝莓先生的心灵。他不知道自己为什么这么愤怒，他感觉一切都搞砸了。

他被白兰地小姐吻了，从某种意义上他已经背叛了现女友；他因为护着白兰地小姐，得罪了神秘果先生，估计开发区的院线项目也黄了；他穷尽一切办法，最后也没能将白兰地小姐从魔爪中拯救出来。

这一切都是怎么造成的？

这一切都源自他是一个不知道拒绝的好人。

很多时候，蓝莓先生都想当个好人。他以为当了好人，一切都会好起来，世界会站在他那边。

但他错了，他的悲哀就在于，他所谓的“好”只是没学会拒绝，殊不知正是他的这种无知与盲目的“好”，反而常常助长了邪恶并扼杀了正义。

顿悟了这一点之后的他，陷入了深深的悔恨之中。

他转身离去，背影极其落寞，那种落寞强烈地融进灰暗的天色里，仿佛与夜色融为一体。

无法断绝。

08. 嫁错人的长岛冰茶小姐

很多人都认为长岛冰茶小姐是幸福的，因为她嫁给了自己所爱的男人。

她爱的人是神秘果先生，嫁的人也是神秘果先生，这一切看上去挺完美的，如果不发生“那件事”的话。

对于长岛冰茶小姐而言，她是不愁嫁的。她的父亲是部级高官，自己又是江城大学的高材生，加上相貌甜美、身材纤长，可谓是再典型不过的白富美。

所以不愁嫁的她，对婚姻的唯一要求是：嫁给自己所爱的人。

但正是这一点害了她，因为她爱上了神秘果先生。

长岛冰茶小姐和神秘果先生相识于一家酒吧的开业派对上，那是长岛冰茶小姐第一次去酒吧，如果不是因为这家酒吧是她表姐投资的，她估计这辈子都不会去酒吧。原因很简单，在她看来，酒吧是坏女孩和花花公子去的地方，不是她这种正经女孩待的地。

她清汤挂面、长衣长裤，格格不入地坐在吧台处，给自己点了一杯长岛冰茶。

她点的时候并不知道，长岛冰茶不是茶，而是色泽很像红茶的一款酒，酒精度高，容易醉。

她喝了一杯，感觉口感甚好，于是又要了一杯。

结果很快就晕乎乎了。

直觉告诉她该走了，没想到刚走几步就撞到一旁的椅子，一个趔趄之后，她脚底开始打滑，往一旁倒去。

在这个时刻，一只强壮有力的手从斜刺里伸出，搀扶住了她。

帮助她的人有着一张极其英俊的脸。他衬衫的领口松着，袖子挽到小臂三分之二处，露出的手臂不仅修长，而且极其结实，关节处的骨头被紧实的肌肉包裹着，看上去充满爆发力。

“谢谢。”长岛冰茶小姐对他微笑示意，表示感谢。

“你好像有点醉了，先坐一下缓缓，然后再走比较好。”对方温和地说。

长岛冰茶小姐心想反正身处闺密的酒吧，也不会发生什么不好的事，于是就坐了下来。

没想到落座没几分钟，她就和他聊上了，大概是酒精催化的缘故，双方聊得还挺投缘，互留了电话。

长岛冰茶小姐就这样和神秘果先生相识了，她万万没有想到，这人将是她这辈子最大的劫。

很多年后，长岛冰茶小姐都忘记了自己当初是怎么爱上神秘果先生的。她一直都觉得自己是个感情淡漠者，可神秘果先生却打开了她的心扉，真是难以置信。

在她离婚后的日子里，她经常坐在 one&night A+里，点一杯长岛冰茶，眼里满是汹涌的过往，她感到与神秘果先生在一起的记忆开始不断回溯。大脑在这一刻拼命调取记忆档案，努力拼凑出曾经的所有细节。

长岛冰茶小姐平日里没什么兴趣爱好，除了喜欢旅游外，就是热衷于玩以语言描述推动的、较量口才和分析判断能力的策略类桌面游戏，比如狼人杀之类的。她经常邀三五好友去桌游吧，一玩就玩到打烊。

有一次长岛冰茶小姐和闺密们玩到一半，突然肩膀被人拍了一下。她回眸一瞥，看到了一脸笑意的神秘果先生。

"不介意加一个人吧？"神秘果先生拖了张椅子坐下。

"你怎么也在这里？"长岛冰茶小姐很吃惊。

"这家店的老板是我的朋友。"神秘果先生话音还没落，老板就端着餐盘亲自过来，给每个人送了一杯长岛冰茶，并说难得神秘果先生今晚莅临，一切费用全免。

长岛冰茶小姐的闺密对她耳语道："他是谁呀？好有范。"

"一个朋友。"长岛冰茶小姐不免有些得意，毕竟神秘果先生的出现给她长了脸。

“你是做什么的呀？”闺密转而问神秘果先生。

“我是个生意人，主要做英语培训这一块。”神秘果先生神秘地笑了笑，“开始游戏吧，我好久没玩这个了，正好有点手痒。”

随后他等待开局，平静得像块石头，但却隐隐透露出一股霸者的气息。

真正让长岛冰茶小姐对他产生欣赏的时刻，是在玩家讨论环节，那个时候的神秘果先生逻辑清晰、谈吐不凡，无论抽中哪个阵营的角色牌，他很快就能运用强大的逻辑推导能力，带领自己阵营的人获得胜利。

玩到打烊时，一群人才依依不舍地走出桌游吧，互相告别。

“不介意我送下你吧？”神秘果先生点燃了一支烟，慢慢地抽着，烟雾呈细线状直上天穹。

那晚的夜空特别明朗，月亮高高地挂在天上，月光洒满树梢，同时也洒满了长岛冰茶小姐俏丽的脸。

“不用了，我住城东，要过江的。”长岛冰茶小姐说。

“我也住城东。”神秘果先生的眼神里总是有种近乎吉卜赛人的神秘，“正好顺路。”

闺密凑过来，用肘尖捅了捅长岛冰茶小姐：“让别人送送嘛，又不会少一块肉。”

“我不习惯麻烦别人。”长岛冰茶小姐轻声说。

“你住城东不?”神秘果先生问闺密,“要不一起吧。”

“好啊,我住城东西区。”闺密对长岛冰茶小姐说,“现在有我陪着你,总该可以吧?”

“那你们等我一下,我去牵车。”神秘果先生将手中的烟掐灭,最后一抹烟圈在户外幽暗的光线里,酷似流离旋转的蝴蝶。

此后的日子里,长岛冰茶小姐和神秘果先生经常组局一起玩桌游。久而久之,他们成为了十分要好的朋友,双方的朋友圈也逐渐进行了某种程度上的融合。

长岛冰茶小姐认识了几个神秘果先生最好的“朋友”,其中最特别的就是火龙果先生。

火龙果先生看上去像个“花花公子”,有着极其庞大的异性朋友圈,但了解之后,长岛冰茶小姐发现他和那些女生并不熟。而且平日里私聊起来,他三句话都离不开自己的前女友。长岛冰茶小姐觉得火龙果先生明明就是一个痴情专一的汉子,却偏偏要把自己包装成花花公子,真是匪夷所思。

“因为这样才能更好地掩护神秘果先生呀……”火龙果先生有次喝醉了,无意中吐露出真言。

长岛冰茶小姐摇了摇他的肩膀:“什么叫掩护他?”

可惜火龙果先生已经睡着了。

离婚后的长岛冰茶小姐想起来这一幕,才发现当时的自己是多么的迟钝。火龙果先生为什么有着庞大的异性朋友圈,却和其中的异性并不熟？因为那根本就不是火龙果先生的异性朋友圈，而是神秘果先生的！

神秘果先生深知，如果一个男人异性朋友太多，是会在传统的长岛冰茶小姐眼里减分的，可是他又收敛不了身在万花丛中的欲望，于是每认识一个异性朋友，就先介绍给火龙果先生，这样在他的口中，这些围绕在身旁的莺莺燕燕就都成了火龙果先生的朋友，而不是他的。

火龙果先生真是背得一手好黑锅！

对在回忆中跋涉的人而言，眼前的一切都会缩影成一帧帧光感饱满的电影胶片，被时间的齿轮带动着从眼前卷过。

胶片停在了长岛冰茶小姐过生日的那天。

长岛冰茶小姐每次过生日都是和父母过的，从不开派对。孝顺的她，会亲手给父母做一顿丰盛的晚餐，感谢父母美妙的结合才诞下美丽的她，然后在父母的祝福下，吹熄蛋糕上的蜡烛。

共进晚餐后，她就会离开父母家，乘地铁回自己家。

她的房子是二手房，在一个破败的老小区。看似与她白富美的身份不符，其实反而衬托出她不爱虚荣、倡导低调的贵族精神。

回到小区，她慢悠悠地走着，思绪如同哗啦啦的流水，蔓延过胸膛深处的缝隙。

她今日有些怅然若失，因为她接到了很多朋友的祝福信息，唯独缺少神秘果先生的。

这个时候她才恍然发觉，神秘果先生已经在她心中拥有一定的份量了。

她心神不宁、目光飘忽地走到自己的单元楼下，发现单元楼的门口居然停着一辆白色的本田 CR-Z，神秘果先生正依靠在车门上，左手插袋，右手看表，似乎正在等她。

看到他，长岛冰茶小姐的心脏突然抽紧，像是被一道闪电击中全身。

“你怎么在这里？”长岛冰茶小姐装作镇定地迎了上去，可一双深色的眼瞳还是逐渐流露出欣喜的情愫。

“祝你生日快乐。”神秘果先生仿佛戴着一张清廉神职者的面具，酷酷的。他将后备箱掀开，顿时一阵花香扑面而来。

大大的后备箱里，堆满了 Roseonly 的红玫瑰。它们是那么的刺眼、艳丽，就像爱情的火焰。

长岛冰茶小姐不由惊讶得捂住嘴巴，她望向神秘果先生，只见他依然沉默着，只是原本酷酷的眼神里多了一丝柔和。

“这么贵重的生日礼物，我不能要。”Roseonly 的红玫瑰出奇的贵，堆满整整一车厢，少说也要大几万。

“你喜欢吗？”神秘果先生身子前倾，似一只豹子弓着腰，眼神充满了霸气。

“喜欢。”长岛冰茶小姐心如撞鹿，可表面上依然保持着一副平静的模样，“可我还是不能收。”

“那好，我改天再补送一个生日礼物给你。”神秘果先生将后备箱“砰”的一声关掉了，“不早了，你先上去休息吧。”

“好，拜拜!”长岛冰茶小姐感到手心很潮，像是吸了水的海绵，“你也早点回去休息。”

“嗯。”神秘果先生笔直站立，如一句庄重的誓言。

那晚，长岛冰茶小姐翻来覆去地睡不着，满脑子都是神秘果先生的身影。

她感觉自己坠入了一个玫瑰的世界中，视线中的一切都被玫瑰花包裹着，似乎整个宇宙都浸泡在玫瑰的海洋里。

一觉醒来后的她，穿上运动鞋，决定去晨跑。不料一打开防盗门，就被眼前红色的海洋眩晕了双眼。

从她的家门前开始，红玫瑰如同一张华丽的地毯，从她的楼层一路铺到门栋那。

她小心翼翼地往下走着，胸口充斥着一股不可名状的欣喜与期待。

顺着红玫瑰走到门栋外，她看到神秘果先生依然站在原地。朝阳的一抹温情亮光洒落在他俊朗的脸上，留下美满的画面。

“你怎么还在这里?”长岛冰茶小姐睁着两只榆树叶形的大眼睛望着神秘果先生。

原本一直保持酷男形象的神秘果先生露齿一笑，牙齿呈现出一种柔和的象牙白色，莹润得如同上等的玉器：“给你一个惊喜，喜欢吗？”

“喜欢。”长岛冰茶小姐脸上一烧，赶忙把目光撇开。

“我是认真的。”

“什么意思？”

“我是认真地想要追求你。”神秘果先生浅浅的笑容显得很亲和。

长岛冰茶小姐的脸像枫叶一样红：“你想和我恋爱？”

“不是。”神秘果先生摇摇脑袋。

“啊？”巨大的失望笼罩了长岛冰茶小姐，令她浑身上下一点力量都没有了。

“我想和你结婚。”神秘果先生单膝下跪捧出戒盒的这一刻，长岛冰茶小姐脑中思绪纷飞，犹如彩虹与惊雷，清风和雾霭，明昼或黑夜。

回想起这些破碎的画面，长岛冰茶小姐的表情总是会被逐渐风化，化为尘泥，看不出喜悲。

神秘果先生和她闪婚后，利用女方的家族势力，立刻从一位小商人，一跃而成城中显贵。

从那之后，他对长岛冰茶小姐的态度就转变了。毕竟河都过了，桥就可以拆了。

神秘果先生开始经常一出差就是十天半月，几乎不着家。回家就是不停地打电话，说是谈工作，但电话那边明明是女孩子的声音。

那段时间，长岛冰茶小姐总是生病，可神秘果先生看在眼里，说得最多的台词，也仅仅是“多喝点热水”。

但这些都没有让长岛冰茶小姐对他彻底失望。

彻底失望是“那件事”，如果没有“那件事”，她是不会选择离婚的。

和神秘果先生签订离婚协议书的时候，长岛冰茶小姐才明白，火龙果先生并不是神秘果先生的“朋友”，而是他的秘书。

就连离婚协议书细则探讨日，也是火龙果先生出面代谈的。

“这种事他居然不亲自出面？”长岛冰茶小姐的心，被狠狠地刺痛了。

“是这样的，神秘果先生今天有点忙……”

“呵呵。”长岛冰茶小姐冷酷地笑着，听起来就像指甲在黑板上的刮蹭。

火龙果先生不由干咳几声：“我们还是谈谈正事吧！关于离婚财产分割这一块……”

“不用探讨了，一切都给他，房子、车子、存款，我都不要。”长岛冰茶小姐感觉自己的肺没有空气，扁得像一张纸。

“呃……”

“我感到恶心，你知道吗？我根本不想耽误时间，我只想快点和他离婚，离开他，远离他的圈子，避开你们这些人！”长岛冰茶小姐的表情很冷，像一块冰冷的橱窗，“特别是‘那件事’发生后，我终于明白，你们这群人没一个好东西！”

“不好意思，虽然我知道你在气头上，可我还是想说——我即使与魔鬼同行，也不代表我是魔鬼。”

“但是在他人眼中，你与魔鬼无异！”长岛冰茶小姐脸上厚重的疏离逐渐转换成了鄙夷，她直接起身走了，将生硬的后背留给火龙果先生，完完全全地将他拒之千里之外。

火龙果先生知道“那件事”，还是从伏特加小姐那里知道的。

伏特加小姐是神秘果先生的情人，四年前，伏特加小姐在上海的公司经营不善，欠了当地放贷公司一屁股债，还不起钱的她，差点精神崩溃。最后幸亏神秘果先生帮忙解了围，从那时起，她就开始追随神秘果先生。

她告诉火龙果先生，长岛冰茶小姐之所以要下定决心离婚，是看到她和神秘果先生上床了。

“亲眼看到的？”火龙果先生惊呆了。

“没错。”伏特加小姐在抽烟，她抽的是一款名为“黑魔鬼”的女士烟。

长岛冰茶小姐酷爱旅游，有一次她去自驾游，原计划是周五回来，但中途和她同车的驴友接到电话说家里出了急事，要提前一天回，于是两人彻夜未眠一路开回了江城，周四晚上就抵达了。

风尘仆仆一脸倦意的长岛冰茶小姐刚一打开门，就听到婚房的卧室传来阵阵娇喘，她大脑一瞬间变成了空白。

她一步步挪到卧室门前，脚步悲伤、缓慢，令人心碎。

当她看到神秘果先生正在和伏特加小姐交媾时，她感觉自己的脑袋就像土豆泥一样黏糊成一团。

但更令她受不了的，是伏特加小姐的态度。

伏特加小姐瞟了她一眼，冷静地说："看什么看？神秘果先生一直都爱的是我，如果不是因为你是部级高官的女儿，他根本就不会娶你！"

当即，长岛冰茶小姐由静默变成了狂躁。即使在她不说话的时候，她的嘴中依然传出一些低沉而无意义的声音，就像喷泉里的水。

全是歇斯底里的谩骂。

要知道，她过去可是从来不说脏话的。

"怎么能这样对她呢？"听完故事，火龙果先生的目光犹如远游而回，"太过分了吧。"

伏特加小姐撩拨着她那如瀑的长发："你没资格指责我，要知道，我们是同一阵营的。如果我是魔鬼，那么你就是恶魔！"

"逻辑不是这样的……"火龙果先生执拗地摆着头。

"当你踏入地狱之门，单纯的梦想与纯洁的爱情都将远离你。你所处之地，皆是黑暗；所行之路，遍布荆棘。"伏特加小姐的嘴角有着温柔的弧度，甜美如幼童，“我们已经身处地狱之中了，不是吗?”

当一个人远远地凝望着深渊时，也许会认为深渊是没有生命的。他凝望它，审视它，感受它，仿佛无关紧要。

但其实不是的，这个没有生命的东西同时也在回望着你，审视你。它会改变你，迟早的。那些黑暗，晦涩，隐藏着的东西，在深渊的深处绽放着。也许你认为你仅仅是审视，但事实上……你早已涉身其中，不能自拔。

神秘果先生和长岛冰茶小姐的婚姻，持续三年不到。

离婚后不到一年，神秘果先生遭遇滑铁卢，生意全线崩盘。

行使黑暗的人，最终会被黑暗所吞没；贯彻邪恶的人，最终会被邪恶所扼杀。

无一幸免。

空白页
Kongbaiye
愿 风 吹 过 有 你 的 季 节

09. 藏器于身的圣女果先生

圣女果先生打小就长相俊美，像个漂亮的洋娃娃。为此，他的大伯、大伯妈没少打趣他，说他扎个小辫，就和他们的女儿柳橙苏打小姐似一对双胞胎姐妹花。

大约是长辈打趣多了，圣女果先生长大后确实有些女性化。在少年时期，当其他男孩子热衷于足球、篮球、乒乓球等运动项目时，他则喜欢纺织、刺绣、缝纫之类的女工。

每当长辈跳出来对圣女果先生的爱好表示异议，堂妹柳橙苏打小姐就会站出来反对。她发自心底地欣赏并认可堂哥的这个技能，这得益于她经常收到圣女果先生制作的羊毛毡娃娃。

“哥哥将来绝对会成为一名出色的时装设计师！”在农历新年的家族聚会上，柳橙苏打小姐对圣女果先生的爸妈说道。

圣女果先生的爸妈以经商为生，在圣女果先生三岁的时候就去了上海，开了一个制作衣服的小作坊。由于常年在外奔波，孩子只好交给哥嫂抚养，一年都难得和自己的孩儿团聚一次。

这样的相处模式导致圣女果先生和其父母之间的情感比较生疏，远没有和大伯、大伯妈，以及堂妹柳橙苏打小姐来得亲密。

“他在纺织、刺绣、缝纫方面确实很有天赋，看来上天注定要他继承你们的家业。”大伯乐呵呵地说。

“他以后可是公司的管理者，根本不需要这些技能。我宁可希望他没这些爱好，爷们儿一点！”圣女果爸爸摇头说，“否则缺少狼性，如何在商海中生存？”

“那要不让他去学拳吧？”大伯灵机一动，“正好家楼下新开一家咏春拳馆！师傅我打过几次照面，人挺靠谱的。”

“学拳？不错的主意。”圣女果妈妈表示赞同，“这孩子长相过于柔美，将来说不定会遭人欺负。学拳一可增加男性气概，二可护卫防身，可谓两全其美！”

就这样酒后的三言两语，决定了圣女果先生在繁重的课业之余还要额外学拳。他一想到自己的爱好要改成学拳，就如坐针毡。脑后如被针刺一样警觉起来，手心开始冒汗。

“没事的，哥哥。”柳橙苏打小姐在他耳畔悄悄地说，“我会在爸妈面前说自己想要学缝纫，那样你的爱好就可以打着我的旗号偷偷进行了！”

圣女果先生心生暖意，感到妹妹真是一道不灭的温暖之光。

学了几年拳，圣女果先生确实身强体壮了，也有了明显的肌肉线条。可穿上衣服，还是一副娇弱如女子的模样。

他头一次体会到学拳的好处，是在高中二年级的时候。

高中时的柳橙苏打小姐已然亭亭玉立，就像一款不含酒精的柳橙苏打鸡尾酒，酸甜爽口。

袅袅婷婷的柳橙苏打小姐拥有许多追求者，其中追得最猛的，当属蛇果先生。

蛇果先生家里是开游戏机室的，网罗了一帮想免费玩游戏的小弟。成天无所事事，到处惹是生非。

柳橙苏打小姐每次回家，都会途经这家游戏机室门口。这样一来二去，竟吸引了蛇果先生的目光。

大概是情商智商双低的缘故，蛇果先生的求爱方式很是奇葩。每逢柳橙苏打小姐路过他店门口，他就带头吹口哨，身后一群小弟紧接着起哄，似乎这样就能宣告主权似的。

柳橙苏打小姐是不会把这种程度的骚扰放在心上的，可有一次他们就做得过分了。

那次是下了晚自习后，时间已经很晚了。柳橙苏打小姐和一"闺密"路过游戏机室门口时，蛇果先生居然带着几个小弟有条不紊地围了上来，像排练好的一样堵住了柳橙苏打小姐的全部去路。

"你们这是在做什么？"柳橙苏打小姐波澜不惊地问。

"做我女朋友呗。"蛇果先生双手插袋，摆出一副自认很酷帅的姿势，"我不会亏待你的。"

柳橙苏打小姐倒吸一口凉气，指向身旁的"闺密"："你是疯了吗？没看到我哥哥就在旁边吗！快闪开。"

圣女果先生和自己的妹妹就读同一所高中，只要时间对得上，通常都一起上下学。他早就听闻蛇果先生对妹妹图谋不轨，今日恰好碰见，真是大喜过望。

蛇果先生的目光强盗般地在圣女果先生身上掠了一遍，发出夸张的嗤笑：“你当我眼瞎啊！这他妈明明是一妞啊！”说完还伸出手，想去摸圣女果先生的下巴。

不料手还没触及圣女果先生，就被他先行一步抓住左小指和无名指，并向前向下搬撇，同时圣女果先生上体前倾成右弓步，左手换握蛇果先生的左肘向内向上推托，迫使蛇果先生身体后仰下跪。

蛇果先生哪经历过这种折腾，手指像是被人活生生掐断一样疼，当即张口告饶：“啊，疼疼疼，我错了！”

圣女果先生眼露凶光，好似豹子望着自己将要捕食的猎物：“让你的小弟先滚！”

“听到没！快滚啊！”蛇果先生大呼小叫，他的跟班随即鸟兽散，“这下总可以了吧？”

圣女果先生待跟班都消失在路的尽头，才松开手。

“以后再让我看到你骚扰我妹妹，就没这么简单收场了。”圣女果先生冷冷地说，裹着一股寒夜时分的凉气。

蛇果先生捂着受伤的手指，龇牙咧嘴地丢了一句：“你给老子等着！”

“好，我等着。”圣女果先生的笑容徐徐散开，寒意四下弥漫。

圣女果先生本以为蛇果先生只不过是逞一时口舌之快，没想到他第二天真的带人在校门口堵他。

“你给我听着！现在给爷磕几个头，这事就算扯平了！”蛇果先生手拿一根铁棒站在校门口，嘴里还叼着半截烟。

圣女果先生置若罔闻，大大咧咧地走向蛇果先生，目光轻蔑，似乎根本没把眼前的乌合之众放在眼里。

“不识趣！”蛇果先生挥棍而上，瞄准圣女果先生的面门。

圣女果先生步伐轻盈，躲过第一轮挥击后快速贴身配合腿法和擒拿破坏了蛇果先生的平衡，然后从侧面进行日字冲拳将其撂翻在地。

其他小弟见状，纷纷迎面相击。这些人手握铁器，看似人多势众，实则一盘散沙。加上都是些街头混混，哪比得过经受专业训练的圣女果先生？

受体力的限制，圣女果先生想要将众人全部放倒无异于天方夜谭，不过若只是迅速干掉几个骨干分子，倒是不在话下。

快刀斩乱麻地解决掉几个骨干，剩下的小弟自然也不敢再上前。

在校门口的这一役，圣女果先生一战成名。从此以后，周遭的地痞流氓都知道了有这么一位高手，见着了无不敬而远之、避之不及。

而被一招毙敌的蛇果先生更是羞愤不已。思忖了几天，他觉得实在丢脸，在小弟面前抬不起头来，只好背上行囊南下打工去了。

“哥，幸好有你在。”柳橙苏打小姐得知蛇果先生走后，满脸崇拜地望着自己的兄长，并给了他一个大大的拥抱。

那一刻，他由衷地希望能够永远和妹妹在一起，护她成长、保她平安。

高三前的暑假是圣女果先生高中最快乐的时光。这得益于他爸妈回家了，并且在家陪了他整整半个月。

这半个月，爸妈带他游遍了整个城，所有他想玩的全部都玩到了。

印象最深刻的一次是游湖。一家三口坐在轻舟上，徐徐地驶向湖心。头顶是鱼鳞状的云，它们铺满整片天空，像一条蓝白相间的鱼背。

“儿子，这些年爸妈都不能在身边陪伴你，希望你不要怨咱们。”圣女果爸爸的声音如湖心投石，让人感觉是用胸口而不是用耳朵听到的。

说不怨是假，可爸爸这么一说，圣女果先生反倒不那么怨了，内心的郁结也逐渐淡然。

“还记得小时候你喜欢缝衣织物吗？现在还喜欢不。”圣女果妈妈笑容温婉地问，像是被大雨冲刷着的森林。

“喜欢啊，我的梦想就是当一名时装设计师。”

圣女果先生的爸妈意味深长地对视了一眼："那你想不想去中央圣马丁艺术与设计学院读书？"

中央圣马丁艺术与设计学院是英国一所著名的艺术与设计学院，属于伦敦艺术大学的一部分，是世界四大时装设计学院之一。同时也是英国最大的艺术与设计学院，作为盛产时装设计名师的名校而闻名国际时装界。

"当然想啊，不过英国学费好贵的……"

"现在爸妈在上海做大了，不仅买了房还购了车，积蓄也有不少，足够送你出国了。"圣女果爸爸叹了口气，"作为父母，牺牲了陪伴你长大的时光去经营事业，这个缺憾我们是弥补不了了。不过好在这些年没有白白牺牲，至少我们现在有了能力助你圆梦！"

圣女果先生感到一阵酥麻，难以自制："你是说……我可以去英国读书？"

"当然。"圣女果妈妈笃定地说。

这句话仿佛凝结成一个惊叹号把圣女果先生砸蒙了。

"可是……"圣女果先生忽然想到了柳橙苏打小姐，"那妹妹怎么办？"

回到大伯家，两家人一同吃了餐热热闹闹的团圆饭。大家其乐融融，唯独听闻圣女果先生要去英国读书的柳橙苏打小姐一直闷闷不乐。

妹妹苦闷的脸，让圣女果先生先前还在烈烈燃烧着的兴奋消失无存，就像一块炭突然掉进了冰窟窿里。

他心里充满了矛盾。虽然嘴上从来不说，但是他的梦想就是有朝一日成为一名时装设计师，可真的盼到这一幕，他又割舍不下妹妹柳橙苏打小姐。

“能带妹妹一块去英国吗？”圣女果先生突然在饭桌上提出。

“呃……”圣女果爸妈面面相觑。

“我们家可负担不起去英国的费用。”大伯妈突兀地说道，“我们只是工薪阶层！”

“哥哥你真是的，我才不想去英国呢！”柳橙苏打小姐起身走了，“要去你自己一个人去吧！”

送别圣女果先生那日，柳橙苏打小姐没有出现。她把自己锁在房间内，任谁敲门都不应声。

恨意像吹过海面的夜风，像饱含雨水的云朵，像夏天里田埂上晒得滚烫的石头，恨意无处不在，可她却全然不知该恨谁。

恨圣女果先生选择追逐梦想远赴别国？还是恨自己的爸妈没本事，不能把自己也弄到英国去？

一想到这些，她的内心空空茫茫、茫茫空空。

她现在不想听，也不想说。只想静静地坐在原地，不敢动。怕一动，就将泪水漾出眼眶。

在英国求学的几年，圣女果先生酷似一头独来独往的独狼。不善于交际的他，加上冷漠自持和过于女性化的外貌，在同学眼里无疑是个怪胎。大家都不愿和他玩，但凡派对聚会也都不喊他。

没人玩无所谓，正好清静自在。圣女果先生开始在闲暇之余以缝制衣服为乐。他缝制的多是洛丽塔风格的女装，色系以黑色为主，主要是想表达神秘、恐怖以及死亡的美感。

缝制好的半成品总是需要人试穿。没什么朋友的他找不到人当模特，就突发奇想亲自上阵。盘腿坐在梳妆台前，给自己的唇抹上了一抹娇媚的红。

虽说已不再是豆蔻年华的少年，可当他一上完较为浓烈的深色妆容，仍是惊为天人，美得不可方物。他穿上自己设计的哥特式洛丽塔服装，配以十字架等装饰，涂上黑色或者暗紫色指甲、眼影、唇色，一种奇异的美感呼之欲出。

他站在巨大的落地镜前，痴迷地凝视着镜中的自己，似乎从眼角眉梢间找出了妹妹的痕迹。经常会忍不住一人分饰两角，对镜中的“妹妹”倾吐自己的情感。

除开利用这些打发时间，更多的时候他都在练拳。他就像兢兢业业的手表，准时，持久，动力十足，完全没有因为远在异国就懈怠，以至于功夫比在国内时期还要精进不少。

由于外貌缘故，他经常遭到无端的调戏。可无论是何种冲突，群架也好、单挑也罢，他都是最终的胜利者。久而久之，圣女果先生在华人圈有了“功夫小子”的称号。有了名气，自然也有了人缘，派对的邀约也多了起来。

可无论派对多么奢华热闹，圣女果先生依旧形单影只、倍感孤独，十分想念家人。最为挂念的，仍是柳橙苏打小姐。每到夜深人静之际，他就会换上自己缝制的女装，坐在落地镜前，对着镜中的“妹妹”诉说自己的点点滴滴，有时还会泡壶英式红茶，边饮边说。

他并没有意识到，自己的这种行为有些病态。相反，他认为这是打发无聊日常时光的唯一出口。

和妹妹恢复联系，是在她高考之后了。

柳橙苏打小姐以高分考取了江城大学的英语专业。高考的成功抵消了她心底的许多怨气，自然也能够平静地与这位远在异国他乡的哥哥沟通了。

“哥哥你在英国还好不?”

“好啊，好山好水好寂寞呢。”

“那你过年回家不?”

“回家啊，不过可惜回的是上海的家。”

“那看来今年又见不上了。”

“是啊，真遗憾。”

他和妹妹一直断断续续地联系着，持续着这种越来越生疏的对话。

或许距离产生的并不是美，而是渐行渐远。哪怕是如此根深蒂固的亲情，都在几千公里的距离下变得摇摇欲坠。

有时候圣女果先生想起儿时的过往，会觉得极其不真切，仿佛和妹妹相处的那些时光只不过是一场大梦。

他学会了自我宽慰，告诉自己，等毕业回国后，一切就都能恢复如初。

本想着本科一晃而过，很快就能离开这里，不料父母却在毕业前告知他希望他能继续深造考研。

好在他就读的未来纺织品设计专业硕士学制为二年，也并不难熬。思来想去一番，圣女果先生还是决定留下来继续学习。

毕竟如果能一举拿下硕士学位，那么无疑离梦想又更近一步。

也正是在读研的这一年，他感到和妹妹的距离反倒拉近了。

柳橙苏打小姐开始频繁与他联系，诉说自己的生活情感状况。

“哥哥，你知道吗？我找到工作了。”

“是什么样的工作呀？”

“我毕业后留在了江城，在一家培训机构当英语老师！”说到这里，柳橙苏打小姐的声音开始沸腾如烧热的铁板，“这家公司虽然不大，可是老板特别有魅力！我感觉跟着他做事，特别特别幸福！”

圣女果先生听到这里，心中突然响起铁钉划过搪瓷杯的声音，心神立刻警觉起来。

在之后的日子里，圣女果先生经常旁敲侧击地提起她的老板，慢慢地搜集一点一滴的细节，力图拼凑出一个完整的形象。

“上回你说过你们老板叫什么来着？我一下子忘记了。”

“叫神秘果先生，很符合他的气质吧！”

“确实符合，听了你的描述，我也觉得他真的很神秘。”一只乌鸦从窗外快速掠过，黑色的身影仿佛预示着灾厄，“跟哥哥老实交代，你是不是喜欢上他了？”

“嘻嘻，哪有啦！只是欣赏罢了。”柳橙苏打小姐言不由衷。

“那他欣赏你不？”

“欣赏啊，他还说，能有我这样的员工真是三生有幸呢！”

直觉告诉圣女果先生，最好现在警告一下自己的妹妹，不要和神秘果先生有进一步的发展了：“……我听你说了那么多，我感觉你还是和他保持一下距离比较好。”

“为什么？”

“我觉得他的野心很大，野心大的男人不合适你。”圣女果先生深吸一口气，说出了真实想法。

柳橙苏打小姐沉默着，声音像一束跌落到黑洞里的光，没有了踪迹。

“哥，我真是对你越来越失望了……”

一瞬间，圣女果先生的所有知觉都被抽空，只剩下潜意识还在活动，他感觉自己被放逐到了时空之外，游离在地狱的边缘。

从那之后，柳橙苏打小姐又开始疏远圣女果先生了，就像断了线的风筝，你只能眼睁睁地看着它渐行渐远，却无能为力。

对于这一点，圣女果先生着实有些不解，为什么当年如此崇拜自己的妹妹现在却崇拜另外一个男人？

在阴雨连绵的英国，他心情抑郁，只能靠一杯又一杯的威士忌缓解内心的失落。

许多想法的碎片不断在他脑海里拼凑组合，但却总是凑不成一个有效的点子。

“怎么闷闷不乐啊，功夫小子？”派对上认识的女孩见他不开心，关切地问道。

圣女果先生觉得这种事没什么好隐瞒的，就如实告知了。没想到对方云淡风轻地笑了笑：“还以为有什么天大的事呢，原来是这种小事……既然你觉得和妹妹有了隔阂，就应该去亲自化解啊！”

“怎么亲自化解？我现在离那十万八千里呢！”

“请个假，买张机票回去不就行了！你几十万的学费都出得起，还在乎区区一张机票钱吗？”

女孩的话令圣女果先生一扫心灵阴霾，如同雾开云散，晴空万里。

在没有告知任何亲朋好友的情况下，圣女果先生偷偷地来到了江城。

柳橙苏打小姐在之前的聊天中无意泄露出自己所就职的培训机构就在江城大学附近。

知道大致的方位，又知道公司名，找起来并不麻烦。没花多少时间，圣女果先生就锁定了一家位于穷街陋巷的小公司。该小公司门口唯一亮眼的就是一辆白色的本田 CR-Z，CR-Z 旁竖着一个花里胡哨的灯箱，上面写着某某英语培训机构的名字。

难以想象，自己名牌大学毕业的妹妹居然是在这种三流公司上班。一下子，他对神秘果先生的印象降至冰点。

找到公司后，他并没有贸然现身，而是选择在街对面的一家连锁酒店落脚，开始了守望。

圣女果先生的思路很清晰。首先他要做的，是先确定柳橙苏打小姐和神秘果先生的关系是不是如她所说的那样，只是相互爱慕的上下级关系；其次是跟踪神秘果先生，看看他是不是一个值得托付的好男人；最后如果他发现答案都是“是”的话，那就是自己误会了妹妹。到那时，他就会正式出面，给柳橙苏打小姐一个诚挚的道歉。

也不知道哪来的这么大动力支撑他做这种穷极无聊的事，也许是内心那种云层渐渐在天空溶解、落日急速下坠的仓皇感吧。他感觉随着时间一分一秒地流逝，柳橙苏打小姐将离他越来越远，如果再不做点什么，一切就都会朝着深渊滑落，无法挽回。

潜伏没几日，圣女果先生就发现衣冠楚楚、文质彬彬的神秘果先生对自己的妹妹格外照顾、青眼有加。

几乎每天下班，神秘果先生都会开着他的本田 CR-Z 送柳橙苏打小姐。如果一个公司老总偶尔送送员工，可以理解为他照顾员工。但若是雷打不动天天送，就有些形迹可疑了。

于是圣女果先生租了一辆车开始尾随他们。不料撞见了他最不想看到的一幕，泊好车的神秘果先生和柳橙苏打小姐一同走进了一栋高级公寓楼，然后当晚再也没下来。

原来他们俩早已同居。

贴满小广告的路灯不停闪烁，发出令人心情浮躁的杂音。圣女果先生的内心亦是如此，被“嗡嗡”的声音搅得一团糟。

他的手颤抖着，很想这个时候打电话给自己的妹妹，把她骂一顿，可他静了几秒钟，还是忍住了。

没准神秘果先生是一个值得托付的好男人呢？圣女果先生自我安慰道。

连续盯梢了好几天，圣女果先生没发现神秘果先生有什么不妥的地方。平日里按部就班地上班、下班，像个兢兢业业的小职员，完全不像某些老总应酬不断，夜生活丰富多彩。

就在圣女果先生快放弃的时候，终于有一个契机出现了。

那一天下班，神秘果先生没有送柳橙苏打小姐，而是驱车赶赴另外一个方向。

圣女果先生那因找不到瑕疵而饱受折磨枯萎无比的面容，立刻开始绽放出鲜花般的笑意。

他发动车子尾随而去，心情就像迷路的孩子看到有人靠近时那样的开心。

一路尾随到终点，圣女果先生发现今晚果真有收获！目的地居然是一家新开业的酒吧。

酒吧门口排着长长的队，清一色全是男性。而有着请帖的神秘果先生，则从 VIP 通道很快进去了。

没有请帖的圣女果先生心想这下完蛋了，等他排队进去都不知道猴年马月了。可是为什么门口只有男性在排队呢？这又不是 GAY 吧。

他凑近队伍，随便寻一个人问道：“怎么没有女的排队？”

“女的需要排队吗？直接进去就行了。”那人耸耸肩，指了指 VIP 通道门前的展示板。

展示板上用可爱的字体写着“漂亮美眉和有请帖的男士请往这边来”。

这规矩很好解释，酒吧里狼多肉少，更何况有些狼一晚上还不止吃一块肉，自然是要控制一下狼的数量。

“漂亮美眉？……这可难不倒我。”圣女果先生心思一动，转身就朝酒吧附近的一家 Zara 走去。

一刻钟不到，女装版的圣女果先生就出现在了 VIP 通道前。娇巧的面庞、颀美的颈子、藕段似的玉臂，以及酒红色的连衣长裙……这一切让男人就仿佛饮入醇酒般心醉。

“我可以进去吗?”圣女果先生娇滴滴地对安保人员说道，闪闪发光的眼睛仿佛眨着眼的星辰。

“当然可以。”对方侧身让开一条道，还十分绅士地做了一个“请”的手势。

“哒哒哒”圣女果先生蹬着一双七厘米的高跟鞋，仪态妖娆地走了进去。

蒙混过关的他刚一踏入酒吧内部，就发现神秘果先生的手搭在一个女孩子的腰上。他当即神速地举起手机，拍下了这一幕。

次日上午，在上班的必经之路上，柳橙苏打小姐撞见了一个她完全意想不到的人。

“哥，你怎么在这里?”她不敢相信自己的眼睛。

两人打了个照面，很快移至路边一家咖啡厅。

“长话短说，我发现你和你老总的关系不一般啊!”圣女果先生喝着咖啡，一脸的不满。

“哥，敢情你千里迢迢飞回来，就是为了这种事?”柳橙苏打小姐翻了一个白眼，“是的，他现在不仅是我上司，还是我男朋友。他未娶我未嫁，我们之间又情意相投，怎么不能在一起?”

“没说你们不能在一起……我只是觉得，你和他发展得是不是快了点?”

柳橙苏打小姐脸上带着刺骨的冷漠：“你是指我们同居吗?

这有什么，我和他都是成年人了，这很正常。”

圣女果先生感觉自己就像一个困在硬壳里的海螺，被寒冷彻彻底底地冻住了。

“你知道他都背着你干了些什么吗?!”圣女果先生打开手机相册，给她看了昨晚抓拍的照片，“他在酒吧和别人勾肩搭背、打情骂俏，手都扶上别人的腰了!”

柳橙苏打小姐瞅了一眼手机屏幕，当即仰头大笑，露出细雪般的脖颈：“哥，我真是服了你，你是有多看不惯他，居然连狗仔队都出动了!”

“难道你不在乎吗?”圣女果先生露出此刻正站在洪流的中心，眼睁睁地看着最后一艘救生船远去，只好闭目等死的神情。

“你知道这个女生是谁吗?是长岛冰茶小姐……”

长岛冰茶小姐曾是江城大学英语社团的明星人物。柳橙苏打小姐在读大学时加入过这个英语社团，是这个社团的骨干。作为骨干成员，她参与了社团大大小小的活动，其中有一场活动，就是前辈长岛冰茶小姐的讲座。

那时她还不知道，长岛冰茶小姐原来是部级高官的女儿。

后来通过一些八卦才了解到，长岛冰茶小姐之所以饱受瞩目，主要就是因为她从不仰仗自己的家世，无论是在何种方面，她都比很多平民百姓的孩子更努力上进。

一个人想要让同性佩服自己其实是很难做到的。长岛冰茶小姐能做到这一点，可见背后是付出了极大的汗水。

“神秘果先生昨晚回到家就和我说了，说他受邀参加了一个酒吧开业派对，在派对上碰到了长岛冰茶小姐。发现她由于喝多，走路歪歪扭扭即将摔倒，于是就上前搀扶了一把。”她看了看时间，仿佛在预示谈话该接近尾声了。

“但是……”

“哥，说真心话，我觉得你挺无聊的。”柳橙苏打小姐的目光就像烙铁刺入皮肤般深刻，“我的私人感情生活不需要你操心，谢谢！”

“你知道吗？我有个预感，他迟早会背叛你！”

“行了，别说了！”柳橙苏打小姐厌恶地瞧了他一眼，“以后别和我联系了，我上班快迟到了，再见！”

见她就这样走了，圣女果先生的脑袋剧烈地疼痛着，仿佛有一个榔头正从他脑袋内侧敲击。

可惜马上就到期末考试了，他不能再在江城耽搁了。叹了一口气后，他只好整装行囊，去往机场。

他未曾想到，这一别，竟是永恒。

圣女果先生预感得不错，神秘果先生在一次闲聊之中从柳橙苏打小姐口中得悉有这么一位千金大小姐时，就像闻到血腥味的鲨鱼，露出了狰狞的獠牙。

他开始背着柳橙苏打小姐追求长岛冰茶小姐，而直到他们成婚，柳橙苏打小姐才恍然大悟。随后她精神崩溃，从江城大桥上纵身一跃，像只美丽的蝴蝶翩翩而下，沉没于江河之中。

圣女果先生硕士毕业归国后的第一件事，居然是参加自己妹妹的葬礼。

在陵园中，他穿过一块块白色的墓碑，身影被时空拉平褪色。他来到自己妹妹的墓碑前，献上一捧曼陀罗花作为祭奠。

曼陀罗花代表了不可预知的死亡和爱，以及被伤害的满目疮痍的心灵和活着的不归路。

遗像上的柳橙苏打小姐相貌甜美，是那种很容易令人一见倾心的邻家妹子。

他十分费解，如此人见人爱、至真至纯的姑娘，为什么会沦落到被情所困、跳江自杀的地步？

“都怪那个该死的神秘果先生！我就说他不是个东西！是他逼死了我闺女！”旁边是大伯妈抱头痛哭的身影。

“小声点！人家现在可是部级高官的女婿，一人之下万人之上，不是我们这种小老百姓可以对付的！”大伯说这段话时，泪水夺眶而出，烫伤了他的脸庞，“要怪只能怪我没用，只是无权无势一个小老百姓，不能为女儿讨回公道！”

这些话圣女果先生听到耳里，感觉难过如排山倒海般袭来，将他团团包围，令他无法呼吸。

圣女果先生悄悄地攥紧拳头，并将拳头悄然藏于身后。

君子藏器于身，待时而动。他意识到，自己这么多年来勤学苦练的咏春，终于到了派上用场的时候了。

10. 初恋幻灭的无花果先生

无花果先生很难想象，自己的命运居然会因为一张照片而改变。

作为一位新人摄影师，他仍在为生计发愁。毕竟缺乏名气，拍出来的东西很难转换成真金白银。

没有稳定收入的他，为了能够“鸟枪换炮”，更新器材，只能非常节省，每日靠泡面果腹，弄得满脸菜色、营养不良。

与他合租的室友劝他何必如此艰辛，不如改行算了，跟自己搬砖去，毕竟这年代摄影师已经够多了，少你一个不少，多你一个不多！

可在无花果先生看来，摄影不光是谋生的手段，更是他的梦想啊！

梦想是什么？梦想就是哪怕颠沛流离、饥肠辘辘，也要继续坚持守护下去的东西啊！

无花果先生与人合租的房子在一个老小区内。老小区内有许多流浪猫，喜爱摄影的无花果先生经常拿这些可爱的生灵练手，一拍就是几个小时。

有一次他正在取景，镜头一晃，发现有只可爱的小奶猫正蜷缩在一辆雪佛兰科迈罗的前轮上，而正巧科迈罗正在点火，眼看只要手闸一松、油门一踩，小奶猫就要“香消玉殒”了，他赶忙放下单反相机，边跑边对那辆车的主人大呼小叫。

车窗摇下，露出一张极其茫然的脸。

“怎么了？”车主问。

“快熄火！你轮胎下有只猫！”一路奔跑而来的无花果先生脑子里焦急得如同一团浆糊，连话都有些说不清楚了，“小奶猫！”

车主推门下车，仔细瞧了瞧前轮，发现真的有只小奶猫。它正酣睡在前轮上，一脸娇憨。

“还真是……”车主挠挠脑袋，“多谢提醒……咦，你是摄影师吗？”

车主指了指无花果先生手中的单反相机。

无花果先生点点头。

这世上很少有一上来就问我们可以做朋友吗，然后成为朋友的。大多数都是随意聊着聊着，突然就感觉聊不完一般，不经意间走进彼此的心里。

在聊天中，无花果先生得知车主名叫火龙果先生，是一家文化公司的老总，而且还比他小两岁，顿时觉得对方很有能力，非同一般。

“要不给你来一张吧！”无花果先生指着车后一堵斑驳的白墙道。

“好啊。”火龙果先生走到白墙处，“把我拍帅一点哈！”

“那当然！”“咔嚓”一声，无花果先生按下了快门。

苍穹最后一抹淡淡的阳光拉长了每一秒的画面，也拉长了火龙果先生惊诧的脸。

“哇，你照得可真好！”火龙果先生看着液晶监视器里的照片预览，下巴惊讶得简直要掉在地上。

得到赏识的无花果先生露出了羞怯的笑。

“你拍得这么好，不如去拍我们举办的派对吧！”火龙果先生抚着下颌说，“以前我们派对上有固定的摄影师，但最近他突然说不想拍了，说什么要远离浮华，去过清素的生活……”

“好啊，没问题。”无花果先生说，“反正我也挺闲的。”

“那就上车吧。”火龙果先生打开车门，做了一个邀请的手势。

无花果先生流露出一张因惊讶而瘫痪的脸：“现在？”

“是啊，今晚就有一场派对。”火龙果先生眨眨眼，“城中富豪神秘果先生的派对。”

神秘果先生才三十岁出头，就腰缠万贯。他挥金如土、夜夜笙歌，经常举办大型派对，人们以参加他的派对为荣，以走进他的圈子为傲，以和他做朋友而感到荣幸万分。

这次的派对在一家还未开张的酒吧里举办。

这家神秘的酒吧外观酷似一幢哥特风格的教堂，所以火龙果先生把这家酒吧戏称为“教堂”。

四周灯光明亮，照亮了“教堂”屋檐上怪兽状的滴水嘴以及窗户上沉重的拱顶和高大前门上那发亮的门环。

“教堂”门前站着一堆男男女女，被壮实的保安牢牢地挡在门外。那些人在昏暗的光线里看着都挺帅气、漂亮。只不过他们的视线都很飘忽，偶尔扫到人身上也是一种探查的目光，让人感到莫名的不安。

无花果先生努力将内心涌起的不安驱除掉：“门口怎么排了那么多人？是不是因为里面没位置了？”

“那些都是没有受到邀请的人，想要等待机会混进去罢了。”火龙果先生露出无奈的表情，“你知道吗？很多人挤破脑袋想要参加神秘果先生的派对，并不是单纯地为了玩乐，而是为了寻求机会。”

“机会？”

“没错。神秘果先生位高权重，一句话就能轻轻松松地改变一个人的命运。从一贫如洗到富甲一方，只不过是一句话的事。”

无花果先生露出不以为然的神情。他不懂政治，也不想懂，在他看来，只因某人一句话，命运就能改变，是多么荒唐可笑！

两个人边说话边从厚实的人浪中挤过，突然，无花果先生听到有人在叫他的名字。

“等等！好像有人在叫我。”无花果先生回眸，看到一位俏丽的美人正在对自己招手。

与那美人四目相对，无花果先生的目光顿时凝结成一个巨大的惊叹号，脑中热得像是要爆炸，回忆开始如一株疯狂生长的水草蔓延四散。

时间往回拨至高三，许多画面纷至沓来。

那个时候无花果先生情窦初开，头一次喜欢上了一个人。那人是转班生，外号红粉佳人。这个外号源自她在讲台上介绍自己时，说自己未来想成为一名调酒师，而她最想调的一款酒，名叫红粉佳人。

这款鸡尾酒是由金酒、鸡蛋清和红石榴糖浆调制而成的，有时会多加一些牛奶或者淡奶油，她说这款酒调成后的粉色正是浪漫爱情的象征。

说这段话时，红粉佳人仿佛开在冰原上的花，圣洁又美丽；又如同浸染在一池花瓣中的雕塑，处处散发出高贵而又典雅的气息。

无花果先生就这样一见钟情，深陷情网、不可自拔。

可惜那个时候已经高三了，他知道比起求爱，更重要的是给得起爱情的承诺。

他开始奋发图强、努力学习，最终在高考中证明了自己。

可高考证明自己，并不代表爱情就能修成正果。

高考结束后的那个暑假，无花果先生以普通同学的身份约红粉佳人看电影，红粉佳人答应了。

当电影即将开幕的时候，偌大的影厅昏昏暗暗，无花果先生于是借机牵了红粉佳人的手。

可红粉佳人迟疑片刻，最终还是松开了："我知道你喜欢我很久了，我这次答应你出来看电影，其实就是想借这个机会跟你说，我们还是做朋友比较合适……"

无花果先生的内心生冷冷地痛着。之后的电影他根本就看不进去，双手一直绞在一起，缩着肩膀，垂着脑袋，整个人沮丧极了。

虽说求爱被拒，可红粉佳人在他心中的印象仍是完美无瑕，因为她没有拖泥带水，喜欢就是喜欢，不喜欢就是不喜欢，痛痛快快也算是一桩妙事。

从回忆中跋涉出来，无花果先生幅度微小地摆摆头，似乎是想将记忆的画面抛之脑后。

"没想到你居然和火龙果先生认识！"红粉佳人凑到无花果先生身前，略带景仰地说。

"怎么了，她是你朋友？"火龙果先生问无花果先生。

无花果先生点点头，轻轻地对火龙果先生耳语道："麻烦待会给点面子，这可是我初恋。"

火龙果先生立刻流露出“我懂你”的神情。

“没想到你居然是无花果先生的朋友，幸会幸会!”火龙果先生主动上前，对红粉佳人说，“无花果先生是神秘果先生的御用摄影师，现在正准备去拍摄，如果要叙旧的话，能否等会在里面聊?”

“可以啊……但是，我进不去啊!”红粉佳人撅起嘴吧，“我没有收到邀请……”

火龙果先生和无花果先生面面相觑。

“咳咳，没事，我带你进去……”火龙果先生转身对门口的安保人员说，“这两位都是我的朋友，不要拦他们!”

火龙果先生带领身后的两人穿过狭长曲折的甬道，来到了“教堂”的内部。

内部的顶棚是以蓝色基调为主的玻璃装饰，在光线的打磨下仿佛璀璨的银河。它们与晶莹剔透的蓝色桌椅相互映衬，仿佛将人带入了遥远的未来。

激情四射的音乐排山倒海地充斥在周遭的每个角落，无论是站在何处，无花果先生都能感受到音乐的冲击，体内回荡着那狂野的余波，所有细胞不由自主地随着节拍摇摆起来。

“你们先在这里等我一下，我去和神秘果先生说会话。”火龙果先生离去前叮嘱道。

“好的。”无花果先生和红粉佳人异口同声。

“咳咳，好浓的烟味啊……”无花果先生巡视四周，发现许多人在座位上吞云吐雾。

“你很讨厌烟吗?”红粉佳人轻声问。

“还行吧，不喜欢也不讨厌。”无花果先生皱了一下鼻子，“就是觉得这里抽烟的人实在是太多了。”

“在这种场合不吸烟的应该属于异类。”红粉佳人轻描淡写地笑了笑。

她说的没错，现场无论男女老少，嘴上均叼着烟。视界里的一切都被烟雾所笼罩，好似阴天早晨的大雾。

“说实话，我都想来一根了。”由于现场过于喧闹，为了让无花果先生听得清，红粉佳人和他说话时不得不贴得很近，那细细的鼻息刺激着无花果先生的耳垂。

“你抽烟?”无花果先生心中突然有些拥堵，似乎红粉佳人抽烟的行为破坏了她在无花果先生心目中白璧无瑕的形象。

“是啊，大学学会的。”红粉佳人话音还没落，就朝邻桌的男子借了一支烟，然后又借了火将烟点燃。

无花果先生看到她如此熟练的与人搭讪，凝重地把五官聚拢到一起。

“说说你吧，怎么忽然混这么好？居然和火龙果先生搭上了线。”红粉佳人周身烟云雾绕。

“火龙果先生很牛吗？和他认识就叫混得好?”无花果先生一笑置之。

“你不知道吗？火龙果先生可是神秘果先生的首席大秘，他目前手头的文化公司就是神秘果先生派给他打理的。”红粉佳人眨眨眼，如流星飞闪。

“哦。”无花果先生对这些都不感兴趣，他只关注能否拍出绝美的照片。

红粉佳人开始在一旁叽里呱啦地说些在无花果先生看来极其无聊的八卦，例如神秘果先生开什么跑车、住什么别墅、戴什么手表、穿什么衣服……无花果先生越听越烦躁，他甚至开始质疑之前那个存留在脑海中“圣洁、美丽、高贵、典雅”的红粉佳人是不是自己杜撰出来的。

好在火龙果先生很快招呼他去拍照。

“我先工作啦，待会再聊！”像是一场迫不及待的逃离，无花果先生如云雀般消失在昏暗的空间里，与被烟雾包裹着的细尘共舞。

这是无花果先生首次在昏暗的环境中完成人像摄影，不过他完成得很棒。他镜头下的神秘果先生，帅气优雅略带雅痞，看上去既像古代的王侯，又像当世的贵族。

当场，无花果先生就用神秘果先生的 MacBook Pro 将照片导了出来，给神秘果先生观摩。神秘果先生很满意他的摄影，微信头像当即就改用了他拍摄的照片。

“以后派对记得每次都叫上他。”神秘果先生对火龙果先生吩咐道。

火龙果先生点点头，目光犹如一片深沉的海。

从那天起，无花果先生就成了神秘果先生的御用摄影师，兼任火龙果先生文化公司的美学顾问。

“主要工作是什么呢？”无花果先生好奇地问。

“当然是拍照啊。”火龙果先生递给他一张明细，“你就拍人像，按天收费，一天一万。”

“这价位会有生意吗？”无花果先生咳嗽几声，喉咙里仿佛塞了一条布。

火龙果先生低头看向地板，看他的脚切割灯光在地板上形成的光与影。

“我看你这人挺靠谱的，就和你说实话吧……”

原来，之所以将价位定这么高，是为了洗钱。

神秘果先生家大业大，总有些不光彩的生意。那么如何把不光彩生意所赚的钱合法化，就成了必须攻克的一道难关。

所以他需要一家文化公司，因为文化公司最好洗钱了。好比摄影，说多少钱就是多少钱，账也好做。

无花果先生眉头紧锁地思考着：“这样下去能长久吗？”

“我也不知道。”火龙果先生耸耸肩，“只能保证尽量不出岔子。”

“那万一出了呢？”

火龙果先生目露哀戚：“那就要跑路了……”

无花果先生还想继续问下去时，手机响了，是红粉佳人的来电。

“不好意思，我出去接个电话……”无花果先生离开了办公室。

无花果先生发现自从给神秘果先生拍完照后，他的命运轨迹就神奇地改变了。

不仅有了高薪的工作，还备受红粉佳人的垂青。红粉佳人几乎天天给他打电话嘘寒问暖，这次甚至主动约他给她拍照，和记忆中那个冰山美人的形象截然不同。

可隐隐的，无花果先生又感觉很不安，他觉得这一切都是假象，是空中楼阁，是海市蜃楼，是即将消失的烟雾，是终将破裂的泡沫。

“在想什么呢？”红粉佳人裹在被阳光照耀得接近透明的白色衣裙里，因为纤弱，衣服显得庞大，像一具要蜕下的蝉壳。她露出的脖颈，洁白如鸽羽，修长如白鹤。

“没什么……”无花果先生缓过神来，继续给红粉佳人拍照，“很好很好，这张不错！”

“嘻嘻，真的吗？让我看看预览！”红粉佳人三步并作两步跳到无花果先生身侧，她身子前倾，将一头清亮的头发静静地推到他面前，阳光毫无遮拦地照在她光滑细腻的脸上，使她原本清丽的容貌更加美丽，震撼人心。

“哇，照得可真好！”红粉佳人反复念道，像是一句歌词，或是一句诗，“怪不得能得到神秘果先生的赏识！”

无花果先生手一抖，差点拿不稳相机。他感到尴尬像水一样无处不在，寻找一切缝隙钻入：“得到他的赏识很重要吗？”

“那肯定啦！你拍得好不好，主要是那些有影响力的人说得算。你拍得再好，有影响力的人说你不行，你还是不行；你拍得再烂，有影响力的人说你行，你就是行！”

面对这样的评价，无花果先生整个人都不好了，喉咙变得好像枯树的窟窿一样，说不出完整的话。

“对了！下次神秘果先生举办派对，你叫上我好不好？”红粉佳人眨眨眼，有种动人的俏皮。

“这个嘛……”

“看在我们是老同学的份上，拜托了喔！”

“嗯嗯。”无花果先生嗓子发紧，艰难地咽下唾沫。

他感到和红粉佳人重逢不是件好事，仿佛亲眼在目睹自己心中一座恢弘的城池缓慢壮烈地倒塌，最终坍塌为一片废墟。

第二次派对很快接踵而来。

这次派对是在神秘果先生自己投资的西餐吧举办的，主要活动内容是鉴赏红酒。

无花果先生带着红粉佳人一同到场了。

由于有了上次的良好印象，神秘果先生对他很是热情，招呼他坐在他那一桌。

“这是你女友吗?”神秘果先生用目光指向巧笑嫣然的红粉佳人。

无花果先生刚想说“不是”，红粉佳人就抢话道：“不是不是，我们只是老同学!”

被这么快撇清，无花果先生感觉有些不舒服，就好像躺在昏暗的草丛里，左右都是鸣叫的飞虫。

之后的“品酒会”，红粉佳人开始拼命卖弄，展示自己对红酒的了解，似乎生怕吸引不了神秘果先生的注意似的。

无花果先生只是静静地待在一旁摄影，面容就像由乌木雕刻而成，看不出喜悲。

“品酒会”一结束，红粉佳人就和神秘果先生一起走了，都没和无花果先生告别。

无花果先生走出西餐吧时，天空淅淅沥沥地织出了银丝般的雨幕。

他没有伞，只能护住相机，低着头在雨下疾走，承受猛烈的寒风和冰凉的雨滴。

那天之后，红粉佳人就没有主动联系无花果先生了。

即便无花果先生和她说点什么，她也只是简短地回一个“哦”。

望着这么简短的语句，无花果先生孤零零地垂下了头。

一个月之后，在给一对双胞胎嫩模拍写真时，手机忽然响了，是红粉佳人的来电。

正在犹豫接不接，脑海中的高中往事开始浮上心头，那是一些用语言和文字都无法表述的东西，它们搅得他五脏六腑实实在在地疼。

毕竟是初恋嘛，终归狠不下心。

“怎么了？”无花果先生还是按下了接通键，瞳仁里映出远处模糊的霓虹。

“能帮我一个忙吗？”红粉佳人可怜兮兮地说，“帮我把手机和包包还给神秘果先生可以吗？”

“啥？”

无花果先生站在原地听了足足有十五分钟，才把来龙去脉弄清楚。

前段时间，神秘果先生邀请红粉佳人去香港游玩，给她买了很多东西，其中包括最新款的 iPhone 和价值二十多万元的爱马仕手提包。

这没有什么问题，问题是从香港回来后，神秘果先生就不再联系她了。

“那个……你们发生什么没？”无花果先生尴尬地咳嗽着，喉咙变得好像厨房里的烟囱。

“呃，我们只是躺在一张床上，什么都没做啦……”红粉佳人低声下气地说，温驯如一只绵羊。

无花果先生的胸口此时此刻仿佛有头巨兽在驰骋、践踏。

“呵呵，是吗……”

“反正你一定要帮我啦！我们可是老同学喔！”

——老同学。

这三个字就像一堵高大的墙，断绝了无花果先生的所有退路。

“喂，是神秘果先生吗？”无花果先生硬着头皮拨通了神秘果先生的电话。

“是的。”神秘果先生有着保持距离的冷淡，“有什么事吗？”

无花果先生如实说了，说红粉佳人想见他一面。

“我考虑一下。”神秘果先生的话语里透着审视，然后将电话切断了。

无花果先生的耳膜由于突然到来的寂静，而发憷。

两天后，无花果先生接收到了红粉佳人的短信，上面只有冷淡的两个字：谢谢。

无花果先生回了一句“不用谢”之后，就再也没收到红粉佳人的任何信息。

仿佛人间蒸发般，红粉佳人再也没有出现在他的世界里。

无花果先生感觉好似被遗弃在一颗荒凉的星球上，孤独寂寞地等待死亡。

从那之后，无花果先生爱上了饮酒，他经常约火龙果先生去酒吧狂饮。

起先，他只是微微地喝，顶多有点醉，脑子清楚，就是行为不大听使唤，一切行动开始变得黏稠缓慢。接着，他越喝越多，意识清楚，但脑子已然迷糊，到了酒壮人胆的时候，感觉什么话都敢说。然后，他开始陷入深醉，意识逐渐迷糊，脑子倒是清楚了，可世界却在他眼前成了万花筒。最后，他烂醉如泥，舌头麻木、胃里灼热、胸中翻腾、呕吐物顷刻吐出，一股脑全吐进了酒吧厕所的洗漱池里。

"有什么事情想不开呢？"火龙果先生在一旁递上纸巾。

"我的初恋……"他的牙齿在战栗作响，话都说不清楚。

"你说红粉佳人吗？"火龙果先生静静地说，"她现在过得挺好，神秘果先生将她介绍给了某省部级高官当二奶，现在开上了宝马，住上了别墅，家里随便一个包包都是二三十万。"

仿佛撕裂的皮肤被泼上煮沸的酒精，无花果先生疼得灵魂颤栗。

"她怎么会变成这样……"无花果先生的舌头不听使唤，发出的音符颤颤巍巍。

"有可能她一直都是这样，只是你从来都没有了解过她。"火龙果先生的语气有一种积年冰川里的寒冷，"人往往都会美化初恋，把她想象得无比美好，却没有意识到这一切只是你一厢情愿的幻想。你以为她是清纯的少女，说不定只是放荡的婊子。"

无花果先生愣住了。

他回溯记忆，发现确实如此。脑海里的场景，只是两个人如普通同学般的来往，从未有过深入内心的交流。

他根本就未曾真正了解过红粉佳人，只是凭借她清纯的外表就自以为是的断定对方必然是清纯的。

微风徐徐，带来一丝淡凉。迷醉的状态，让他可以清晰地感受到风在律动，于是在这静谧的黑夜里他伸出五指，想要触摸风的脸庞，仿佛在触摸那已逝的记忆，那永逝的年少初爱。

我走得很慢
因为
这个世界
很美

11. 雪莉小姐的复仇者联盟

雪莉小姐与龙眼先生相识于修车厂，因为她把父亲送给她的生日礼物 MINI ROADSTER 给撞了。

那时她刚拿到驾照，学艺不精的她一遇到倒车，难免擦擦撞撞。

这一次比较糗，倒车时不知大脑哪根筋短路，居然刹车踩成油门，以至于车子撞到了后面的树上，把后车灯给撞废了。

由于车灯损坏上路被交警发现是要受罚的，不得已，她只好就近寻了一家修车厂。

走进修车厂，她土豪气十足地对前台说："快把你们的首席给我叫出来！我赶时间。"

"我就是首席，怎么了？"听到叫唤，龙眼先生从一辆待修的悍马 H2 底盘下钻了出来。他裸着上身，亮晶晶的汗水覆盖着他壮实的肌肉，显得十分的性感迷人。

按照普通人的标准，龙眼先生的身材无异于接近完美。他有着爱之把、人鱼线、六腹肌，配上高冷的相貌，真是有一种时装男模的既视感。

那一瞬间雪莉小姐就在想，这么好的身材却在修车厂当修车工，真是暴殄天物。

“我倒车的时候撞树上了，把后车灯撞坏了……”不知为何，雪莉小姐的声音娇弱了起来。

“好，我看看。”

龙眼先生在修理 MINI ROADSTER 的时候，雪莉小姐的目光几乎没有离开过他赤裸的上身。随着他的一举一动，他的肌肉如流水一般在律动，像一件活生生的大卫雕像。

“好了。”修理好后车灯的龙眼先生，面无表情地递给雪莉小姐一张名片，“这是我的名片，如果以后需要维修或者代驾的话，都可以找我，保证价格公道。”

雪莉小姐的心一跳，内心戏泛滥，仿佛娇嫩的玫瑰花瓣漂浮在一望无际的湛蓝海洋上。她不禁心想，他是不是对她一见钟情了？然后想通过这种方式认识她？走入她的生活？

其实龙眼先生完全不是这样想的，他只是觉得 MINI ROADSTER 是辆敞篷跑车，他想开开。

龙眼先生对跑车有种狂热的兴趣，可是他又买不起，所以他不会放过任何一次驾驶跑车的机会。

“好的。”接过名片的雪莉小姐，心情如同秋日的天空一样透亮。

修完车的第二天就是周末，每逢周末雪莉小姐都会驱车去闺密血腥玛丽小姐的 Bloody Mary 酒吧消磨一下时光，点一杯被莎士比亚比喻做“装在瓶子里的西班牙阳光”的雪莉酒，坐至打烊。

血腥玛丽小姐在雪莉小姐的世界里充当了姐姐一般的角色，所以雪莉小姐什么事都会和血腥玛丽小姐分享，尤其是感情方面的事。

几杯雪莉酒下肚后，雪莉小姐变得愉悦、积极起来，话也越来越多。

“你知道吗？我居然喜欢上了一个修车工！”雪莉小姐眉飞色舞地对血腥玛丽小姐说。

血腥玛丽小姐翻了一个大大的白眼：“帅吗？”

“帅爆了！”雪莉小姐激动地手舞足蹈，“他有爱之把、人鱼线、六腹肌！”

“哦，这不是码头搬运工的标配嘛。”

“……”

“你怎么对身材好的男人完全没抵抗力？”血腥玛丽小姐从桌上的烟盒里摸出一支香烟，放进嘴里，用 zippo 点燃了它，“是不是因为身材好的男人床上功夫都特别棒？”

这下换雪莉小姐翻了一个大大的白眼：“肌肉大不大和床上功夫棒不棒没有多大关系好不？”

“那就是虚荣心作祟了，有个健美的男友站在身边多有面子呀！不知情的还以为是保镖呢！”血腥玛丽小姐朝雪莉小姐吐出一口烟圈。

雪莉小姐挥手赶跑烟雾："姐，别损了，行不？"

"行，那我们聊点别的吧……就别聊修车工了。"

刚说完，外面就下起了雨。雨水打在地上滴滴答答，充满了节奏的韵律，与场内的乐声相得益彰。

时间越来越晚，外面的雨越来越大，雪莉小姐早已醉得不省人事。

"时间不早了，我送你回家吧。"临近打烊，血腥玛丽小姐已经在收拾吧台了。

"不用不用，我有专职司机的。"雪莉小姐从包里抽出一张名片，甩给血腥玛丽小姐，"打他的电话，让他过来接我！"

名片上写着龙眼先生的名字。

血腥玛丽小姐摇摇头，告诫她，这么晚叫男人过来，无异于引狼入室。

"我就是喜欢野性难驯的狼！不喜欢听话乖巧的狗！"雪莉小姐做了一个鬼脸。

"小心你被狼吃得连骨头都不剩！"无可奈何的血腥玛丽小姐叹了口气，用手机拨通了龙眼先生的号码。

半夜三更冒雨赶来的龙眼先生并没有意想之中的萎靡不振，相反他身穿雪白的翻领衬衣、簇新的猎装夹克，看上去酷毙了。

"把她安全送到家后给我回个电话。"血腥玛丽小姐叮嘱道，

“如果我没接到电话，我会报警的。”

“好。”龙眼先生扶着醉眼蒙眬的雪莉小姐说：“放心吧，我是有职业操守的。”

血腥玛丽小姐注视着龙眼先生那双过于冷静自持的眼，内心里涌起一种说不清道不明的感觉，总觉得此人别有目的。

雨水积少成多，沿着马路哗啦啦地朝低处流。

冰冷的雨水使 MINI ROADSTER 车窗内部凝聚起一层白色的露水，渐渐地便看不清外界了。

龙眼先生给雪莉小姐系上安全带后，问：“不介意我带你兜兜风吧？”

车内灯光如同融化的黄油，铺满他的全身。

“好啊。”雪莉小姐迷迷糊糊地说，鼻翼翕动着。

龙眼先生露出一抹笑意，他深吸一口气，放下手刹，一脚油门到底，车子顿时快速驶离，像一只漂流在巨浪之中的扁舟。

雪莉小姐靠在窗边，微眯着眼看外面飞速掠过的桥梁、河流、高楼、灯火……感到万物犹如鬼魅，整座城市隐约散发出堕落的美。

每次将速度加到极致，龙眼先生就肌肉紧绷、兴奋不已。

他从小就喜欢刺激的运动，学生时代最早玩滑板、玩冲浪、玩蹦极的就是他。不过当他接触到车，他发觉自己最钟意的还是飙车。无论是春天的雷暴、夏天的灼浪、秋天的浓雾、冬日的冰雪，都阻止不了他飙的步伐。

他喜欢弯道，喜欢杀弯时超低的心跳；他喜欢自己选择的路，以及简单纯粹的目标。

只有在驾驶时，他才能感受到生命的活力；只要肩膀放松，目光向前，足弓发力，脚尖踩下去，就能抵达生命的高潮。

他爱上了驰骋在水泥地、柏油地、砂砾地的不同触感；爱上了风和皮肤在摩擦；爱上了横在地上的斑马线；爱上了那些一闪而过的橱窗、侧目的行人。

爱上了余光扫到的迷乱世界。

无论雨多大，风多狂，路多陡。只要引擎轰鸣、手刹放下，他就能找到真正的自己！

雪莉小姐坐在车里，随着车晃荡摇摆，加上酒精的作用，感到天旋地转。

车子现在正沿江岸急速飞驰着，黑色的江流在防洪堤上一层一层地漫涌着，又一层一层地徐徐退去。

略微有些清醒的雪莉小姐摇下车窗，让腥味的江风吹散她杂乱的思绪。

“酒醒了？”龙眼先生察觉到雪莉小姐醒了，下意识降了一档。

雪莉小姐望着他棱角分明的侧脸，发现他专注驾驶的样子特别的帅气。

“夜里的长江好迷人。”在酒精的促进下，雪莉小姐的言辞变得十分大胆，“就像你一样。”

龙眼先生客套地回应道：“你也是。”

“我有点头晕，能找地方停一下吗？”

“好。”

龙眼先生驱车开上辅道，停在了江畔。

此时暴雨已停，空气中充满了潮湿的味道。

雪莉小姐脱下高跟，打开车门，赤足踏在江边的沙滩上。沙粒柔软潮湿，如同她此刻充分延展的思绪。

“陪我走走，醒醒酒。”

“嗯。”龙眼先生利索地锁上车门。

他们沿着沙滩静静地走着，一路无言。

渐渐地，雪莉小姐发现不远处的马路上闪烁着一大片黄色灯光，随着他们逐渐走近，画面逐渐清晰——是具有一定规模的路边大排档集合体。

“刚才喝多了酒，胃有点凉，我想去大排档喝点热汤，温温胃。”她指着前方说，一头长长的黑色发丝随赤足摆动。

龙眼先生驻足远望，视力很好的他，可以清晰地观察到那些叫卖的小贩，他们的热情中带着一丝疲倦，似乎一整天的叫卖让眼中的世界都打上了灰色的暗影。

大排档很多都是夫妻店，男的清一色短裤拖鞋，女的一律烫着蓬松卷发。透过攒动的人群，他发现视野尽头是一片矮旧的居民楼，那里充斥着窄小的巷子以及毫无规划的握手楼。

好多摩托车在陋巷里穿行，让他差点以为自己穿越到了越南的小镇。

这是个庞大的城市，有江河湖山，有高楼别墅，有几十元就能吃饱的大排档，也有几万元都填不饱肚子的奢华晚宴；有美轮美奂的国际五星级酒店，也有污浊破败的握手楼；有穿着睡衣吃着食材来路不明烤串的中年妇女，也有穿着比基尼举着巴黎之花香槟的妙龄少女。

天空像倒悬在头顶的一片广袤的黑海。而龙眼先生在这“黑海”下面，陷入了深深的思考之中。

“在想什么呢？”雪莉小姐用手肘捅了他一下。

龙眼先生如实将自己的想法说了。

雪莉小姐哈哈大笑：“你可真是悲天悯人呀！”

“估计是被火龙果先生感染的吧。”龙眼先生耸耸肩，“他总是站在平民这边。”

“火龙果先生？不是所谓城中首富神秘果先生的大秘吗？一个为权贵服务的人，却站在平民的视角说话，真心是两面派，令人不齿。”雪莉小姐狐疑地说，“对了，你是怎么认识这位城中红人的？”

“他的车是由我保养的。”

“呵，世界真小。”

走着走着，雪莉小姐忽然被石阶上的凸起绊了一下，龙眼先生赶忙扶住了她。雪莉小姐身上的气息扑面而来，味道就像一枚成熟的浆果，散发出甜美而又芳香的味道。

“那以后我的车也由你保养，好不好？”感受到龙眼先生厚实肌肉的雪莉小姐柔声细语地说。

对雪莉小姐而言，男人的身材是她相当看重的一点，有肌肉、大长腿、倒三角、带着腹肌的小腰、结实的手臂等等，在她眼里都是妥妥的加分项。中国男人由于国情缘故，应试教育不注重培养学生在体育方面的修养，中学时代的高考教育让学生疲于应付考试，使男孩子失去了培养体育方面兴趣的最佳时机，导致身材好的男生极少见，所以龙眼先生这样的“肌肉男”才如此吸引雪莉小姐的目光。

“我免费给你保养车没问题，可你的 MINI ROADSTER 能经常借我开开吗？”龙眼先生问。

“当然可以。”雪莉小姐暗自偷笑，认为这是龙眼先生独特的示好方式，完全没有想到他只是为了车，“长期给你开都没问题，反正我又不止这一台车。”

“其他几辆也是跑车吗？”龙眼先生的眼里像绽开了一朵花。

“是啊，都是的。”雪莉小姐说，“我很喜欢收集好看的跑车。”

“那具体都是些什么车呢？”龙眼先生急切地问。

“奥迪 TT、宝马 Z4、奔驰 SLK、标致 RCZ。”雪莉小姐举起一只手，“加上 MINI ROADSTER，正好五辆！”

龙眼先生的眼睛如火炬般明亮，切开浓重的夜色："那实在是太棒了……"

打烊后回到家的血腥玛丽小姐，心神不宁地等待着龙眼先生的电话。

久等不来，她终于按捺不住给龙眼先生打了过去。

"喂，把我的话当耳边风吗？要你把人送到家给我回电话呢！"血腥玛丽小姐气势汹汹地说。

"没事啦，我们在吃大排档！"电话那头居然传出的是雪莉小姐的声音。

血腥玛丽小姐此刻的内心长出一丛又一丛杂乱的草。

"好吧，你小心点……"

"他人很 Nice 的！"雪莉小姐笑得很开怀，"以后我的五台车，他说都免费保养呢！"

"呵呵，小心零件被偷换了！"血腥玛丽小姐无情地讥讽道，挂断了电话。

吃完大排档，龙眼先生就将雪莉小姐送回了家。一路上他的言谈举止都十分绅士，丝毫没有越轨，哪怕到了家楼下，雪莉小姐试探性地问他要不要上去坐坐，他都毫不犹豫地拒绝了。

这一点在雪莉小姐眼里加分不少，她哪里想得到，龙眼先生的这一举动，只是对她不感兴趣罢了。

“那个……”龙眼先生在掏车钥匙的时候顿了顿，“你明天早上几点出门？要不车钥匙就放我这里吧，我明早来接你。”

雪莉小姐心一暖，心想龙眼先生对自己可真上心：“那车你先开回去，明天我要用车时给你微信。”

“好。”龙眼先生赶忙把钥匙收了回去。他心想，总算可以接着飙车了，刚刚还没爽够呢。

“那……明天见。”

“嗯，明天见。”

雪莉小姐站在原地，目送龙眼先生开车离去，眼中的爱意满满当当地铺了一地。

从那一天开始，龙眼先生就成为了雪莉小姐的专职司机。

这无疑是场“双赢”，两个人都挺愉快。

特别是龙眼先生，他几乎可以每天换车开，将 MINI ROADSTER、奥迪 TT、宝马 Z4、奔驰 SLK、标致 RCZ 开了个遍。这一段经历为他未来的飙车事业打下了坚实的基础。而雪莉小姐能够每天见到自己的心上人，也是欢喜异常。

雪莉小姐在以往的恋爱关系中从未体验过这种感觉，哪怕是懵懂的初恋也远没有这次炙热动人。到底龙眼先生哪一点吸引了她呢？除开身材外，有可能是那种淡漠的劲吧。很多男人在与她的相处过程中都显得十分猴急，不是刻意表现自己，就是过分讨好，惹人嫌弃。而龙眼先生从不如此，他和那些低三下四的男人不一样，极其有男人味。

“我下周有一个聚会，要不你也一起吧？”雪莉小姐打定主意要让龙眼先生正式进入她的社交圈。

龙眼先生迟疑了一下，目光有些游移。这让雪莉小姐误会他是怕生，于是补了一句：“不要担心，我的朋友们都很 Nice，其中一个和你还有共同的兴趣爱好呢！”

“飙车吗？”龙眼先生来了兴致，眼中一亮。

雪莉小姐忙点头：“是啊！”

然后雪莉小姐就简短地介绍了一下这位爱飙车的圣女果先生。

圣女果先生男生女相，明明是个男孩子，相貌却和女孩子一样美丽脱俗。家里是做服装的，于是他闲暇之余也开创了一个衣饰品牌，弄了一个像模像样的淘宝店。他的品牌专注于中性风，而他在日常生活中也经常身穿自己的品牌服饰出门，以至于更加雌雄莫辨。

“圣女果先生？真心有意思……”龙眼先生顿了顿，“那他开什么车？”

“巴博斯 SLK。”

龙眼先生咂咂嘴：“有意思，品位不赖。”

聚会选在一家装潢简约的美式餐厅，温馨的灯光与恰如其分的音乐，使得这里成了朋友间小聚的最佳场所。

除开龙眼先生先前见过的血腥玛丽小姐以及雪莉小姐浓重介绍过的圣女果先生，还有一个是家里开影院的蓝莓先生、知名心理医生芒果先生，外加一个媒体从业者百利甜小姐。

龙眼先生不是一个擅长社交的人，这和他是一个“梦想至上者”有关。作为一个“梦想至上者”，他的一切行为都会围绕“梦想”这个基点，所有和梦想无关的活动他一概抵触。

如果排个表，把他生命中认为重要的事情按先后顺序罗列出来，那么毋庸置疑第一位铁定是留给梦想的，什么亲情、友情、爱情……都只能靠边站。这样的思维模式导致他没有什么朋友，也很少参加什么聚会，以至于在聚会当中他经常显得拘谨与无措。

“啦啦啦，这就是我的‘复仇者联盟’啦！”雪莉小姐给龙眼先生一一介绍完席上的朋友们后，打趣道。

“复仇者联盟？”龙眼先生有些弄不明白。

“妇联嘛！”芒果先生笑了笑，“我们都是妇女雪莉小姐的联盟！”

“少损我！老娘才不是妇女呢！”雪莉小姐傲娇地撇撇嘴，“我可是美少女一枚！”

龙眼先生不是很理解他们之间互损式的寒暄，不过他今晚的目标并不是和他们交朋友，他的目标是和圣女果先生飙一场。

圣女果先生把一袭长发往后梳起，用发胶固定，鼻梁上还架着黑框眼镜，书生气浓郁。

“听说你很喜欢飙车？”龙眼先生挑了挑眉。

“嗯。”圣女果先生眼神缥缈，如同短暂易散的云雾，“怎么，你也喜欢？”

“没错，择日不如撞日，要不待会我们飙飙外环？”龙眼先生发出了邀请。

“好啊。”受到“邀请”的圣女果先生直起了身子。

他们两人的眼神里都流淌着高压电，仿佛这个时候有任何物体出现在四目相对间，都会被瞬间烧成灰烬。

而另外几个人则完全没有觉察到这边的电光火石。

他们分享着食物，也分享着好友间几个礼拜没见的生活心情点滴。

特别是雪莉小姐和百利甜小姐这一对从小玩到大的闺密，话匣子一旦打开了真是没完没了。

她们从某某同学搞微商搞到破产，聊到以前的初中同学嫁给了大款……诸如此类毫无营养的话题，在她们嘴里津津有味。在你一言我一语中，盘中餐消失的特别快。

而血腥玛丽小姐、蓝莓先生、芒果先生则围绕股市大谈特谈，互相吹嘘自己以及自己的朋友如何在股市上追随浪潮之巅，赚得大笔现金。

只有龙眼先生和圣女果先生沉默寡言地坐在一旁，焦灼地等待着会餐结束。特别是龙眼先生，一想到等下可以大展身手，已然血脉偾张，不能自已。

“这位新朋友，今晚不喝一杯吗?”蓝莓先生再给龙眼先生倒酒时，龙眼先生拒绝了。

“不喝。”龙眼先生说，“我和圣女果先生约好了等下飙一局。”

“飙车？有意思。”芒果先生抚了抚下颌，“飙外环吗?”

“嗯。”

“你开的什么车?”百利甜小姐问。

“他开我的车。”雪莉小姐抽出奔驰 SLK 的钥匙，在大家面前晃了晃。

如此暧昧回答引得大家纷纷起哄。特别是百利甜小姐，死缠烂打非要雪莉小姐给个交代。

“你喜欢雪莉小姐不?”席间一直未曾与龙眼先生搭话的血腥玛丽小姐，突然问了这么一个问题。

龙眼先生全身就像在泥潭中浸泡，显得有些不自然。

“你主动当护花使者，该不会只是想开雪莉小姐的车吧?”血腥玛丽小姐继续问。

四周缓缓飘动的尘埃就像拥有质量似的，压得龙眼先生喘不过气来。

“你干吗呀!”雪莉小姐羞红了脸，“你把他吓到了。”

“我就是想知道他的真实想法。”血腥玛丽小姐冷静地说。

龙眼先生确实是为了飙车而接近雪莉小姐的，但是他不能当众承认这一点。

身为修车工的他想要买一辆跑车，然后进行街头狂飙都不知道到猴年马月去了。

作为一个“梦想至上者”，他为了梦想是可以牺牲一切的。雪莉小姐当下就是一条捷径，可以让他很快实现梦想，如果和她在一起能够有跑车开，那为什么不和她在一起？

“喜欢。”龙眼先生眼中的犹疑就像火焰中的水滴很快消散殆尽。

“哇！居然表白啦！”百利甜小姐开始起哄。

作为心理医生的芒果先生，略带质疑地审视着龙眼先生，问了一句：“你从什么时候喜欢上飙车的？”

“大概是从《速度与激情》这部电影开始吧。”龙眼先生说，“我很喜欢里面范·迪塞尔饰演的角色。”

“你想成为江城赛车之王？”

“没错。”龙眼先生注视着芒果先生，“我知道你是搞心理的，所以我也不打算瞒着你。我期待一场亡命飞车大战，然后许多年轻人带来自己精心改装的赛车参赛。我期望在这场亡命大战中一战成名，赢得荣誉与尊严！”

“好坦诚！”芒果先生露出欣赏的眼神，“我听说城中富豪神秘果先生正在策划类似的比赛，你可以关注一下。”

龙眼先生点点头。

蓝莓先生听闻，深深皱眉：“难道这种生意他也敢做？”

“有什么生意是神秘果先生不敢做的吗？”血腥玛丽小姐呵呵

一笑。

“也是……那我只能祈祷他早日崩盘咯。”蓝莓先生含悲带怒地说，似乎和神秘果先生有所嫌隙。

自始至终，只有圣女果先生置身事外，丝毫没有加入“讨论”的意思，只是当他听到神秘果先生的名字时，眉毛重重地皱了皱。

“时间不早了，我们去飙一圈吧。”圣女果先生的手敲打着桌子，然后用指尖划过它，发出牙酸般的声响。

“好。”龙眼先生跃跃欲试地起身。

那时的他还不知道未来有何种麻烦事等待着他，更不知道一切麻烦的根源，就来自于他这个不切实际的梦想。

可梦想如果贴合实际，又怎么能称之为梦想呢？

在一步一步地走向梦想的旅途里，袭来的是孤独与不被理解；是破釜沉舟和没有退路。

哪怕这个梦一开始就是错的，但既然开了头，就只能自顾自地走下去，永不回头。

月光拨开乌云浇灌着大地，让深藏幽冥鬼魅的黑暗无所遁形。

比赛即将开始，龙眼先生和圣女果先生整装待发，发动机的持续轰鸣扫荡着空旷的外环。

“呐，我说啊。”叼着一支烟的血腥玛丽小姐说，“如果龙眼先生不是真心待我们的雪莉小姐，我们作为复联，肯定要报复他，对不?”

蓝莓先生耸耸肩：“我没意见。”

“你也觉得他不是真心?”芒果先生眼中锐芒一闪。

“我觉得他眼里只有车。”血腥玛丽小姐冷冷一笑，“你知道我见到他第一眼，想到了谁吗?”

“谁?”

“想到了如雷贯耳的神秘果先生。”血腥玛丽小姐说，“龙眼先生不正是年轻版的神秘果先生吗……”

起风了，风声听起来像受了重创的野兽躲进洞口舔舐伤口时发出的呜咽。

那一日离神秘果先生全线崩盘不到一年。

一切都在悄然改变，唯有龙眼先生浑然不知，依然在追逐梦想的道路上亡命奔驰，追求那虚无缥缈的荣誉与尊严。

向死而生。

12. 速度与激情的龙眼先生

三菱 LancerEVO 徐徐地穿过一条狭长的江岸线。白日的江岸线永远是一副明朗模样，微风拂过江面，可见光烁。

车的副驾驶上坐着威士忌小姐。

阳光透过车窗落在威士忌小姐身上，给她发间、眉梢都镀上了一层梦幻。

“你不是江城车神吗?”威士忌小姐讪笑道，“怎么开得这么慢?”

“我开得很慢，是因为路上的风景很美。”龙眼先生淡定地说。

此刻正逢车子驶进甬道，明灭交错的光线让一切都仿佛黑白照片中的色调。

“呵呵哒，甬道里黑布隆冬，有什么风景可看?”调皮的威士忌小姐故意抬杠道。

“你。”龙眼先生声音低沉，带着一种毋庸置疑的认真。

威士忌小姐大笑，笑声就像洒满雪地的阳光。

龙眼先生和威士忌小姐都是生活在社会灰色地带的人，龙眼先生靠街头飙车谋生，威士忌小姐靠贩卖大麻过日子。

街头飙车是一些官、富二代喜欢参与的项目，由城中富豪神秘果先生发起。有着部级高官作为后台的神秘果先生，在江城位高权重，连市长都要敬他三分。如此神通广大的神秘果先生，自然有资格搭建这个非法飙车平台，并做起这个平台的生意。

他决定利用自己的人脉资源组织一场大型的街头狂飙，报名费是十万元整。为了便于管理，他把参赛人数控制在八人。第一名可以赢得全部的报名费，也就是八十万元作为奖金，而作为比赛的组织者神秘果先生，只会抽取奖金的百分之二十，也就是十六万作为管理费。

毕竟这种非法比赛如果没有人在幕后长袖善舞是举办不起来的，所以没有人对神秘果先生抽取百分之二十感到反感，反正只要赢得第一名，六十四万就能收入囊中，除开自己的报名费十万元，净收入是五十四万，回报可观。

龙眼先生之所以参加这个比赛，并不是为了高额的奖金，而是为了“车神”的荣耀。

这是他从小的梦想，也是他一直以来前行的动力。

龙眼先生是一个修车工，非官、富二代的他，想要买一辆跑车进行街头狂飙，明显是很难实现的。

可他运气不错，在神秘果先生举办首场比赛的前夜，修车厂里正好有一辆黄色的雪佛兰科迈罗正在进行赛前的四轮定位。

车主名叫火龙果先生，他是这家修车厂的常客。由于长期都让龙眼先生保养他的车，龙眼先生和他慢慢地建立了良好的友谊。

火龙果先生打算参加第二日的比赛。不过他不擅长赛车，作为神秘果先生首席大秘的他只是为了完成领导交代他的任务，凑一个人数捧一个人场罢了。毕竟是首场比赛，如果不搞得热火朝天点，第二场比赛就聚集不了人气了。

“嗨，哥们。”为他做完四轮定位的龙眼先生鼓起勇气走上前去，“能和你商量一件事吗?”

火龙果先生点点头，示意他继续说。

“能让我代替你参加明天的比赛吗?”他吞吞吐吐地说，“如果我得了第一名，奖金全部给你，就当科迈罗的租金了……”

“为什么你那么想参加明天的比赛?”火龙果先生很奇怪，“连奖金都不要。”

任思绪与情感飘飞一刻后，龙眼先生认真地说：“不瞒你说，我的梦想就是做一名街头赛车手!”

龙眼先生的目光十分冷静，但是很浓烈，就好比把一团火球扔进水里，非但没有熄灭，反而呈现出一种瞬间的燃烧。

“有人支持你这个梦想吗?”火龙果先生问。

“没有人支持，所有人都认为我疯了。特别是我爸，在他看来去当兵才是正途!”龙眼先生无奈道，“可我才不愿意这样呢，我此生苦苦追寻的，就是要摆脱他人的干涉，做真正的自己……”

最后一句话击中了火龙果先生的心房。

火龙果先生垂下脑袋，深思片刻后将钥匙丢给了龙眼先生：“如果你能赢得冠军，奖金就不用给我了，拿它去买一辆属于自己的跑车吧！”

由于是街头狂飙，比赛时间往往都选在夜深人静的午夜。

龙眼先生将车开到指定地点，发现那里热闹非凡，就像在举办一场露天派对。四处可见名贵的跑车，它们的引擎轰鸣声响彻了云霄。

一个穿着迷你短裙的赛车宝贝站在笔直的跑道正中，双手拿着狼烟，静待今晚的一场追逐。

龙眼先生将车辆就位后，有个身着热裤的漂亮女郎勾着窗户对他说：“嗨，帅哥，要来点大麻烟吗？”

和他说话的就是威士忌小姐。

“大麻烟可以使你大脑瞬间开阔，神经得到极度的舒缓。这种感觉类似性爱高潮的一瞬间，可以促使你跑出更好的成绩！”威士忌小姐推销道。

“不需要。”龙眼先生摆摆头，“我是来飙车的，不是来吸毒的。而且这东西会上瘾，很不好。”

“单讲毒性和成瘾性的话，大麻甚至不如烟草和酒精！”威士忌小姐较真了，“在很多国家吸食大麻都是合法的！”

“但在我们国家不是合法的。”龙眼先生反驳，“况且，我也不抽烟不喝酒。”

“呵呵哒，在我们国家，街头飙车也是不合法的喔!”威士忌小姐嘴角挂着看好戏的笑容。

龙眼先生一时语塞。

“好了，比赛快开始了，祝你得冠。”威士忌小姐的眸子戴着美瞳，显出一汪宁静翠绿，“如果你得冠了，我会在之后的庆功宴跟你喝一杯!”

龙眼先生刚想说不必了，威士忌小姐就走远了。他叹了口气，再次将注意力集中在狼烟上。

狼烟落地的一刻，就是比赛开始时。那一霎，龙眼先生将踩下油门，奔向梦想的方向。

深夜的荒郊大道，月色不太明显，所以前车灯成了唯一的光源。

八团黑影伴随着呼啸声，飒飒而过。

排头的是一辆黑色的福特野马，它犹如一只脱缰的黑马往前急奔。紧随其后的是一辆黄色的雪佛兰科迈罗，也就是大家俗称的“大黄蜂”。大黄蜂和野马一前一后，在路上一往无前，将后面的车辆甩得越来越远。

追逐着前车的龙眼先生，眉头紧锁。

大黄蜂和野马一直是竞争对手，天生死敌。从数据上看，两车的性能相差无几。可因为对排量的限制，目前市场上只有排量为3.6升V6汽缸的大黄蜂有售，而美国市场上却有一款6.2升的8缸车销售。

如果驾驶的是8缸的大黄蜂，龙眼先生早就超越前面那个技术一般的渣渣了。

到了赛段的后半段，几乎都是比拼车辆性能的直线，那个时候龙眼先生引以为傲的驾驶技术就丧失作用了。

在离比赛的终点几公里处，有一座正在修缮的桥梁。机智的龙眼先生发现如果能从断桥上飞跃过去的话，那么就能抄近路迅速超越掉前方的福特野马。

一想到如此刺激的事，龙眼先生不禁心脏狂跳。

他之前拿前女友雪莉小姐的宝马Z4练手的时候，经常选择小土坡飞跃。他喜欢那种腾空而起拥抱天空的感觉，那一刻他感觉自己正在前往天堂。

可是飞跃断桥这种事，他还真没有尝试过。

这种事一旦尝试失败，那就是车毁人亡。可如果输掉比赛呢？那么梦想也就荡然无存了。

这是神秘果先生举办的首场比赛，很多官、富二代里的竞速高手都在观望，也就是说如果想要夺冠，这场比赛是最佳的时机。随着时间推移，高手越来越多，那么夺冠将越来越难。

龙眼先生如果想要一直飙下去，那么必须拥有自己的座驾，而那高达五十四万的奖金正好可以买一辆他梦寐以求的三菱

LancerEVO。

这是一场生命和梦想的选择。到底是要命，还是要梦？龙眼先生在这个问题上只思考了不到两秒钟，就一个急弯拐上了通往断桥的辅路。

在车子驶上断桥的那一刻，他脑海中只回荡着一个声音：如果不能实现梦想，那活着与死亡又有何异？

他开始将油门踩到底，发动机忽地从低吟转为高歌，“嗡”的一下响彻云霄。后轮转动速度突然暴涨，离弦之箭般地驶向断桥。

腾空的一瞬间，龙眼先生闭上了眼。

在午夜梦回的时刻，龙眼先生总是会想起那巅峰一跃。事后他也觉得当时太冒进了，因为落地之后大黄蜂的减震器近乎报废，轮胎也出了很大的问题。不过幸好飞跃断桥后节约了大部分路程，以至于他以区区 70 码的速度将车开到终点线时，身后的福特野马依然还相隔甚远。

“我的车怎么变成这样了？”在终点线驻足的火龙果先生看到自己伤痕累累的爱车，满脸阴郁。

“呃……我把它当飞机开了。”龙眼先生不好意思地说，“放心，我会负责将它修好的。”

“什么叫当飞机开了？!”火龙果先生质疑。

龙眼先生于是打开行车记录仪，让火龙果先生目睹了之前的那一幕。

火龙果先生被惊到了，喉咙好似落满灰尘，咳嗽起来。

“这简直太酷了，我得和神秘果先生汇报一下……”火龙果先生举起电话，拨通了神秘果先生的号码。

得悉龙眼先生的疯狂飙车行径，神秘果先生觉得可以在上面大做文章。他指示火龙果先生将龙眼先生作为一个传奇宣传，以此扩大街头比赛的知名度，吸引更多的官、富二代参加，接着成立超跑俱乐部，自己担任会长，将关系网牢牢地掌握在手中。毕竟神秘果先生的最终目的，就是搭建属于自己的上层社会社交平台，而飙车只不过是实现这一目的的媒介之一。

比赛完，有一个盛大的派对迎接着龙眼先生。

在火龙果先生的安排下，他盛装出席，以“江城车神”之姿闪亮登场。

往来的宾客都在窃窃私语，讨论着龙眼先生的疯狂行径。而记录着他飙车事迹的画面，则被火龙果先生从行车记录仪中导出，在大屏幕上滚动播放。很多人当场举起手机拍摄分享至朋友圈，无形之中给这场比赛的宣传添砖加瓦，使龙眼先生瞬间成为城中红人。

“真没想到在没吸食大麻的情况下，你都能干出这么疯狂的勾当……”威士忌小姐端着一杯尊尼获加威士忌，身着一身酒红色短裙款款地走向龙眼先生，并在他身旁落座。

“我也真无法想象穿着如同公主一般的你，却在干着贩毒的勾当！”龙眼先生耸耸肩。

“你想知道我为什么贩毒吗？”她的瞳孔清澈明亮，纯净得如同一首诗。

“想知道。”

“那就随我来。”威士忌小姐引领着他，纤美的背影深深地拓印在他的瞳仁里。她的高跟鞋有韵律地敲击着地面，像一首激烈的歌谣。

威士忌小姐将龙眼先生带至一家三甲医院的住院部。

“我们这是去见谁？”龙眼先生深深地吸了一口气，鼻腔内满是淡淡的消毒液的味道。

“走到走廊尽头的房间你就知道了。”威士忌小姐淡淡地说。

走廊尽头是一间单人病房，里面到处闪烁着各式各样的仪器，密集的仪器中央有一张床。

一个老人静静地躺在床上面，盖着一张薄薄的棉被。他的表情稀薄又寒冷，像雪地上的反光。

威士忌小姐指着老人说：“这是我爸。”

“你爸？他怎么了。”

“他得了霍奇金淋巴瘤，已经是晚期了……能维系一天是一天。”威士忌小姐给自己点了一支烟，烟雾弥漫似一对恐慌的翅膀。

“所以你是为了赚治疗费才贩毒的?”

“不光如此，贩毒也算是完成我爸的心愿。”

龙眼先生揉了揉惺忪的眼睛，难以置信地问：“贩毒怎么能成为心愿?!”

威士忌小姐无奈地瞅了他一眼，讲述了一个在他看来难以理解的故事。

原来威士忌小姐的家族都是做大麻生意的，这几年随着政府的打压，死的死伤的伤，坐牢的坐牢，现在只剩下他们这一家了。

她妈妈年轻的时候就改嫁了，嫁到国外去了，杳无音讯。之后就靠父亲一人维系着家族的生意，现在父亲也病垮了，只剩下她了。

“这也算是我的梦想吧，我想把大麻卖出品牌来。”威士忌小姐的眼神如同模糊的雾块，“以后江城人民想抽大麻，只认准我的品牌!”

尴尬在向四周延展，广博得无法估量。

“我觉得你这个梦想好荒唐!”龙眼先生实话实说。

“难道你的梦想就不荒唐吗?”威士忌小姐冷哼，“街头狂飙，江城车神，这么二的梦想，亏你也说得出口!”

龙眼先生沉默了。没错，他的梦想确实也挺荒唐的。

“我还认识一个人，梦想也很特别。”威士忌小姐小声道，“那人名叫黑布林先生，是掌控江城地下钱庄的黑布林家族的少主，他的梦想是优雅而艺术地杀人，就像汉尼拔一样。”

龙眼先生专注地看着她，好似眼神可以将尘埃细致分离：“你说的是真的吗？”

“千真万确。”

“我觉得这种梦想不应该存在。”龙眼先生摇摇脑袋，“凡是建立在伤害他人基础之上的梦想，我觉得都没有存在的必要。”

“你自己不也是建立在伤害他人基础之上的梦想吗？”她的双瞳宛如深渊中盛开的幽花，“你可是街头狂飙呢，说不定哪一天就撞死了无辜的路人！”

“不会的，我驾驶技术杠杠的！”龙眼先生笃定地说。

“呵呵哒。”威士忌小姐的神情就像清冷的雨夜，十分的透彻，“话不要说得太满咯，江城车神。”

龙眼先生的眉毛拧成一团，沉郁得就像这没有月光的夜。

龙眼先生用奖金买了一台三菱 LancerEVO，着手开始改装。

他喜欢星球大战里的黑武士，于是采用了全黑哑光漆涂装。随后他轻量化了轮毂和大尺寸卡钳，将发动机舱盖上的进气口、固定式尾翼和其他空气动力学套件也进行了相关调校。

改装车子的日子，威士忌小姐经常在白天过来看他。

“怎么，你也对改装车感兴趣？”龙眼先生在改车的间隙会和威士忌小姐闲聊几句。

“不啊，主要是白天实在无所事事，就到你这边来玩咯！”她吐了吐舌头，显得玲珑可爱。

“你不是要忙着卖大麻吗？”

“你傻啊，谁白天买大麻！”威士忌小姐眼珠一转，突然盘腿坐在龙眼先生旁，“对了，听说神秘果先生快要举办下一场比赛了，你有把握卫冕吗？”

“当然。”龙眼先生自信满满地说，“特别是有了这辆车之后！”

“那我能坐你副驾驶吗？”她歪着脑袋，柔软的发丝在阳光下跳跃，荡起一层温柔的金色之光。

“你要干吗？”龙眼先生很警觉。

“当然是想蹭你的名气啊！”心里有种特别的念头像羽毛一样令她发痒，“然后我就吹嘘你是吸了我家的大麻才发挥这么好的！这样我的大麻销量就能上升一大截啦！”

龙眼先生听见大脑深处传来某种断裂的声音，咔嚓咔嚓。

“你认真的？”龙眼先生抚额长叹。

“嗯！”威士忌小姐的音色十分饱满，极具元气，“只要你同意，以后我的大麻收益30%就归你，当你的提成，这样你就可以购置更新更好的改装配件了。”

“好吧。”龙眼先生无奈地说，“不过丑话说在前头，我不能保证每一次都能夺冠。”

“放心吧，一定会夺冠的！毕竟我可是吉祥物呢！”威士忌小姐做了一个十分可爱的表情，就像一只玩着毛线球的小猫咪。

龙眼先生不禁被逗乐了。他感到现在的生活挺美好，整齐明亮的未来倒映在高高的天顶上，似柔柔的云朵，像轻轻收拢翅膀的鸟，美得不可方物。

那时的他没有想过，所谓的美好未来只是他的一厢情愿，毕竟这是不合法的，是建立在流沙之上的楼阁。它终归会在尖锐的现实面前被践踏，像一只有破洞的气球，泄出不甘心的气。

美景 尽在路途中

13. 没有未来的威士忌小姐

威士忌小姐的家族早年以贩卖大麻为生，后来历经政府几次严打，死的死判的判，只剩下她落网之鱼的父亲继续经营着家族的“事业”。后来她父亲得了霍奇金淋巴瘤，已然命不久矣，家族的“事业”自然落到了威士忌小姐的手中。

威士忌小姐没读过什么书，也没有什么好的点子促进大麻的销路。她思来想去，觉得想要销路好，必须要做广告。但是大麻怎么做广告？陷入深思的威士忌小姐突然灵光一闪，想到了一个绝妙的点子——搭上龙眼先生这台顺风车。

龙眼先生是一个街头飙车能手，刚刚赢得江城富豪神秘果先生举办的街头竞速比赛的冠军。他驾驶着跑车飞跃断桥抄近路抵达终点的疯狂行径，让他很快地成为了城中红人。

威士忌小姐心想，如果龙眼先生能再一次卫冕，然后宣称是吸食了她家的大麻才能跑出如此成绩的话，那她家的大麻肯定会脱销。

“马上就要开始比赛了，我再问你一次，你确定要坐副驾驶吗？”驾驶着三菱 LancerEVO 的龙眼先生再一次向威士忌小姐确认道。

“当然，这样等你卫冕，我就和你一同走下车，狂拽炫酷地宣布你是吸食了我家的大麻才跑出如此好的成绩的！”威士忌小姐兴奋地说。

“这一次的赛程弯道比较多，你要做好准备。”龙眼先生递给她一个呕吐袋，“系好安全带，如果实在忍不住就吐袋子里面，千万别吐车里！”

“呵呵哒，你以为我没坐过跑车呀？我是不会吐的。”威士忌小姐翻了翻白眼。

“拿着。”龙眼先生一脸严肃地将呕吐袋塞进她怀里。

没办法拒绝的威士忌小姐做了一个吐舌头的鬼脸。

“看到你旁边那辆捷豹 F-TYPE 没？”威士忌小姐忽然收起鬼脸，一本正经地说。

“看到了。”

“这次有可能击败你的，就是他了。”

驾驶着捷豹 F-TYPE 的男子笔直如刃地坐在驾驶位上，他的眼神如霜冻过的玻璃，像是常年在战场上游走的尖兵。

“他是谁？”

“他就是我和你提到过的黑布林先生……”威士忌小姐的眉头轻蹙，“飙车是他最擅长的三件事之一。”

“其他两件是什么？”

“杀人和烹饪。”

"……"

头顶的月亮突然完全被乌云遮住，暴雨来临前的浓重黑暗包围了赛道。

上次举着狼烟的嫩模换成了一个穿着和服的少女，她打着巨大的可以遮住脸的黑伞站在清冷的路中央。雨珠沿着雨伞珠尾倾泻到地面上，像是伞在垂泪。

除了在她面前一字排开的车手，所有人都站在离她很远的地方，不敢接近，仿佛是怕自己不知轻重地惊动了她此时此刻的美。

黑伞不是普通的伞，而是可以从伞尖喷出火苗的特制伞具。当喷出第三道火苗时，就是比赛开始的信号，全场发动机工作所产生的轰鸣声将撕裂苍穹。

比赛开始没多久龙眼先生就意识到，黑布林先生确实不好对付。

这次比赛发卡弯较多，又下着暴雨，考验的完全是车手的能力。

黑布林先生的捷豹 F-TYPE 经过改装，进一步增强了加速能力，每次减速过弯道后都能以极短的时间将减持的速度加回来。

好在龙眼先生漂移很厉害，他的车经过自己大幅度改装，各方面调教得都很成熟，车的性能外加他自己的技术，使得他像打太极似的甩出一个又一个优美的圆弧。

由于是崎岖的山路，每次漂移，威士忌小姐都感到震感强烈，好似有无数石子打在她身上，粒粒重响。

没过多久，黑布林先生和龙眼先生就与身后的车辆拉开了很长一段距离，开始了一对一的激烈厮杀。

紧跟黑布林先生的龙眼先生并不紧张，他脸上挂着胜券在握的笑，仿佛知晓胜利一定属于他似的："黑布林先生的过弯技术与我不相上下，所以弯道不是生死局，最后一段直路才是分出胜负的时刻！"

"我看他的车加速能力很强，你确定你能在直线的时候超过他？"威士忌小姐已经被漂移弄得有些头晕目眩了，腹中翻江倒海。

龙眼先生笑而不答。

他十分大胆地给自己的三菱 LancerEVO 安装了 NOS（氮气加速系统），使得他的三菱 LancerEVO 从 0～100km/h 的加速时间减少了至少 25%，而功率提升了 25kW。

战况现在进入了白热化，弯道只剩最后一段，剩下的全是坦荡的大道。

黑布林先生信心十足，准备利用自己引以为傲的加速能力彻底摆脱后面穷追不舍的龙眼先生。

主意已定，黑布林先生加大油门，轮胎与地面的摩擦声好似雷声轰鸣，将后面的龙眼先生甩出一段距离。他趁热打铁，将车速再次加到极速，车身就像一头失控的野兽，风驰电掣咆哮向前。

“该我了。”龙眼先生打开NOS的启动开关，按下了启动键，顿时龙眼先生感到一股强烈的推背感，强大的压力像海啸一般将他挤瘪。他紧抿嘴唇，形成一条苍白的直线。

威士忌小姐更是感受强烈，她的耳畔尽是血液急速流动的嗡嗡声。

在NOS的强劲推力下，龙眼先生很快超越了黑布林先生。远去的身影就像一道黑色的闪电。

基于安全性的考量，NOS最好不要连续使用超过1分钟，以免引擎承受过大负荷而受损，出现活塞和缸壁刮伤、烧缸、顶缸自爆等情况。可龙眼先生顾不了那么多了，他必须赢得第一名。

夺冠已经不再是他一个人的梦想，而是他和威士忌小姐的共同梦想。

他要成为“江城车神”，而她要成为“大麻女王”。

这两个梦想实现的基础就是夺冠，不断夺冠！哪怕冒着车毁人亡的风险！

此刻龙眼先生的眼里只有梦想，为了梦想哪怕万劫不复都在所不惜！

以极限的速度冲过终点线，三菱LancerEVO的活塞、缸壁、活塞环、气门、连杆以及连杆轴承等运动件在疯狂的加速中损坏了，车子如同熄灭的蜡烛般与冰冷的夜融为一体。

“我们赢了。”龙眼先生伸出干燥的舌头舔了舔自己的上唇。

威士忌小姐“哇”的一声将呕吐物全部吐在了车内。

“都说了，用呕吐袋的……”

“呕……”

“算了，反正这车也要大修，随便你吧……”龙眼先生思绪转了一周圈后，无奈地摊手道。

卫冕的龙眼先生，获得了更为瞩目的荣光。在庆功宴上，许多宾客都争相与他合影，其中不乏名媛贵妇、千金小姐。

威士忌小姐看着龙眼先生陷在莺莺燕燕的汪洋大海里，表面上没有任何异动，但嘴角还是不禁下拉。

“怎么，他是你男友?”一位抽着“黑魔鬼”女士烟的女子端着一杯伏特加，走到威士忌小姐身侧。

威士忌小姐记忆好、眼睛尖，一眼就瞧出此人是跟随神秘果先生多年的伏特加小姐。

“要知道，当你选择了一个‘风云人物’做男友，你就必须承受这一点。”伏特加小姐抿了一口杯中的酒，“他将很受女孩子欢迎，甚至会和许多女孩子有暧昧。而你除了信任他，别无选择。”

威士忌小姐刚想回应点什么，龙眼先生就在莺莺燕燕的包围圈中唤她过去。

“快去吧，如果在他需要你的时刻你没出现，或许以后他就不再需要你了……”伏特加小姐的语声非常的轻柔，仿佛深秋时节一片完全脱水的落叶。

龙眼先生之所以呼叫威士忌小姐是有原因的，因为有个人的出现令他无所适从。

他居然在这个场所撞见了他的前女友雪莉小姐。

他们曾经也有过美好的回忆，但却因为一件事而分道扬镳。

那就是关于飙车的事。

雪莉小姐的父亲是烟草集团的董事长，在她父亲看来，自己的女儿应该找一个公务员或者大学老师，再不济，也要找一个在国企、事业单位工作的男人，哪怕只是个小职员，什么专业修车工、业余赛车手，可不是他心目中合适的女婿人选。

“你就不能为了我们的未来努力做出一些改变吗?”那时的雪莉小姐劝说道。

龙眼先生知道雪莉小姐是希望他不要每天都把时间放在练车上，而是做出一些改变，比如找份体面的工作，哪怕只是个小职员，至少可以改变老丈人眼里不务正业的形象。

可他不愿这样，他此生苦苦追寻的，就是要摆脱他人的干涉，做真正的自己。

“梦想和爱情，你只能选一项，你选谁?”眼看龙眼先生无动于衷，雪莉小姐抛出了这个致命的问题。

龙眼先生沉默了。他翻开 Zippo 的机盖，按下打火轮，刹那间喷嘴燃起了火焰，耀眼的光芒狂乱的律动，仿佛火山口溢出的岩浆。

他给自己点了一支烟。

雪莉小姐静待他的回应，情绪就像一只饱涨的气球，稍微给它一点儿压力，便会“砰”地炸裂。

坦诚地说，龙眼先生并没有那么喜欢雪莉小姐。当初在一起的初衷，很大程度上来自于雪莉小姐有五台跑车。

在这场恋爱中，龙眼先生几乎是抓紧每分每秒用雪莉小姐的车锻炼车技，为即将举办的街头狂飙比赛做准备。他心想，反正离开赛也没多久了，分就分吧，他也难以承受梦想一直不被理解的现状了。至于参赛车辆，他萌发了一个想法，决定向一直让他保养车辆的火龙果先生借。

“对不起。”烟圈在空中绽开忧伤的蔷薇，“梦想是我无法舍弃的……”

雪莉小姐像个笨拙的小丑一样流下了滚烫的热泪。

“那我们就分手吧！”伴随着这个决定，四周的声音一瞬间沉落海底。

没想到分手不到几周，本以为生活再无交集的两人居然在这个场合碰面了。

当命运像开玩笑一般将龙眼先生置于最不愿意面对的窘境时，他发现脑海中闪过的第一个想要求助的人，居然是威士忌小姐。

收到“求助信号”的威士忌小姐端着一杯皇家礼炮 21 年特级苏格兰威士忌款款地走向龙眼先生。她风情万种，嘴角翘起的弧度似月牙般完美。

女人特有的直觉让她感知龙眼先生与雪莉小姐的关系非比寻常，于是她很娴熟地挽起龙眼先生的臂弯，眼睛深静得如同湖水。

“我介绍一下，这是我的前女友。”龙眼先生的眼眸状如浓墨，黏稠不堪。

“你好，我是龙眼先生的现女友。”威士忌小姐虽说很平淡地介绍了自己，但眼角眉梢却流露出一股挑衅的味道。

雪莉小姐拥有一双洞穿世事又泛着冷光的眸，现在这眸子正直直地看着威士忌小姐：“听说你卖大麻？”

“是啊。”威士忌小姐昂起头，“冠军就是抽了一根我家的大麻烟，才能跑出如此好的成绩！”

“忘了介绍，雪莉小姐家是卖烟的。”龙眼先生补充道。

“我爸爸是烟草集团董事长。”雪莉小姐目光锋锐地瞟了龙眼先生一眼，“可不像某些人是犯罪分子！”

威士忌小姐脸上是被冒犯而产生的不愉快神情：“事实上烟对身体的危害也不小！”

“那也改变不了你们家是犯罪分子的事实。”雪莉小姐穿着几乎把心脏挤到喉咙里的法国宫廷刺绣马甲，拖着深色的华丽裙摆。高贵的银色高跟鞋在大理石地面上不屑地拍打着，发出一种如同丧钟哀鸣的声音。

威士忌小姐的表情突然冷了下来，像是冰桶里面的碎玻璃。她突然将手中的皇家礼炮当头淋在了雪莉小姐身上，伴随着雪莉小姐一声尖叫，全场一片哗然。

在附近巡逻的安保人员眼看贵客被酒浇了一头，更是如临大敌，纷纷赶来。

“天呐，你在干吗?!”龙眼先生眼看事态失控，赶忙拉着威士忌小姐转身就跑。

徒留雪莉小姐在原地像落汤鸡般浑身僵硬如棍。

刚下过雨的街道泥泞不堪，一排排房屋像漂浮的小岛。

被龙眼先生牵着一路小跑的威士忌小姐，气喘吁吁地甩开了他的手：“干吗呢？跑什么跑！”

“你为什么那么做?!”他攥紧拳头，指骨嘎吱作响。

“怎么？难道你心底还有她?”威士忌小姐横了他一眼。

“没有。”

“那你激动个啥?!”她气焰逼人，龙眼先生的目光在她的注视下不断溃败。

“她很多朋友都在现场……你这样做，他们会记在心上，找机会报复你的！”龙眼先生急切地说，“我不希望你受到伤害！”

威士忌小姐心弦一动：“你这么在乎我，是不是喜欢上我了？”

“呃……”龙眼先生的声音就像蜜糖一样含糊不清。

威士忌小姐再次挽起龙眼先生的臂弯，眼睛好似夜空中的星，闪烁着温馨的光芒：“看来你是真的喜欢上我了！快告诉我，你喜欢我哪一点？”

龙眼先生挠挠头：“因为你支持我梦想啊！”

威士忌小姐翻了个白眼：“就这？”

“当然。”龙眼先生语气低沉，“你不知道这对我而言多么可贵……几乎所有人都在反对我的梦想。”

“那是他们傻。”威士忌小姐拍了拍龙眼先生的肩膀，“不尊重他人梦想的人，根本就不配言爱。”

龙眼先生的双瞳笼上一层暖色调。

威士忌小姐说：“说来还要谢谢你，因为你的缘故我现在接到了不少订单呢！”

“对了，一直忘了问，你到底通过什么渠道贩卖大麻？”龙眼先生好奇地问。

“微信啊！”威士忌小姐说，“现在是互联网+的时代，贩毒也要与时俱进嘛！”

“这么大张旗鼓，你不怕被抓吗？”

“有神秘果先生庇佑，谁敢抓我？”她头发微微有些散乱，一双眼眸似星辰般璀璨，“我可是给神秘果先生上交了保护费的呢！”

龙眼先生突然涌起一种强烈的不安定感，内心像巨浪中的扁舟般摇摆不定。

“怎么了？”威士忌小姐瞧出端倪，问道。

“没什么，我就是希望神秘果先生千万别倒台，我们的梦想可都寄托在他身上呢。”

“神秘果先生怎么会倒台呢？而且就算倒台了，至少我们也热切地活过，这就足矣。”威士忌小姐露出明媚的笑容。

雪莉小姐的衣服湿透了，感到特别的冷。湿淋淋的法国宫廷刺绣马甲贴在冷津津的皮肤上，一直冷到骨头里。

她的闺密血腥玛丽小姐正在用纸巾帮忙擦拭她身上的酒液。

“都说了，他现在心里根本就没有你。”血腥玛丽小姐用谈论家长里短的语气说着，听不出半点情绪。

雪莉小姐用双肘紧紧夹着颤抖不已的身体，受刑一般满脸痛苦。

“亏你还穿得这么隆重地来见他，结果被他的现女友淋了一身威士忌。”血腥玛丽小姐摇了摇头，“可惜他们这样是没有未来的，一旦神秘果先生倒台，他们都将烟消云散……”

“这关神秘果先生什么事？”雪莉小姐问。

“你不觉得这一切都是神秘果先生引起的吗？”血腥玛丽小姐的声音如同石磨碾压着米麦，不带一丝情感，“如果不是他举办这个该死的比赛，说不定龙眼先生也不会鬼迷心窍，一心只在飙车上。”

雪莉小姐仿佛被一道雷电狠狠劈中，恍然大悟：“是啊！如果没有神秘果先生，就没有街头狂飙比赛；没有街头狂飙比赛，龙眼先生也不会那么执著于飙车；不执著于飙车，说不定我们就不会分手了！”

“是啊，所以这一切都是神秘果先生一手造成的……”血腥玛丽小姐语声温润，如同波罗的海的琥珀。

14. 血腥玛丽小姐的追逐战

血腥玛丽小姐，本科就读于公安大学侦查系，并兼修了电影学院的表演专业。跨度如此之大，理由只是兴趣爱好在此。

作为侦查系的高材生，散打、擒敌、战术、驾驶、射击、现场勘查、文书检验、痕迹检验、侦查学、逻辑学等样样精通，加上她颜值出众，可谓核心竞争力极其突出。毕业后，她很快就找到了心仪的工作，并在工作当中邂逅了创世纪集团的太子爷，谈了一场“霸道总裁爱上我”的狗血恋爱。如果故事到此为止，那么这就是一个貌美女孩披荆斩棘傍上霸道总裁，然后站在金字塔尖的励志故事。

可惜这个故事远没有这么简单，血腥玛丽小姐也并没有旁人脑补中的那么“傻白甜”。

创世纪集团的太子爷颇有点时运不济，刚刚继承集团、邂逅真爱，就遭逢了“野蛮生长”的神秘果先生。

神秘果先生的集团和太子爷的集团业务范围几乎是一致的。在客户资源有限的情况下，这就导致这两家必然有一家要出局。

很不幸，面对有着深厚背景的神秘果先生，创世纪集团没撑过几个回合，就兵败如山倒。集团破产倒闭后，太子爷精神失常，得了抑郁症，每天都想着如何自杀。虽说最终自杀未遂，不过却成了植物人，每日只能苟活于病床之上。

城门失火，殃及池鱼。作为未来太子妃的血腥玛丽小姐从金字塔尖一下子滑落谷底。

好在她还有一套价值不菲的房子，这套房是太子爷在和她确立恋爱关系后送给她的生日礼物。

按照一般女生的想法，血腥玛丽小姐应该把房子卖了远走他乡，离开这个令她伤心难过的地方。

可她偏不，她要复仇。她要搞垮神秘果先生。

理由很简单，她是真心爱着太子爷。

血腥玛丽小姐把房子卖了，然后开了一家名为 Bloody Mary 的酒吧。

她之所以选择酒吧作为复仇平台，自然是有考量的。

江城作为夜生活气息浓厚的城市，无论是江畔还是湖边，酒吧鳞次栉比。都市精英、白领丽人都喜欢将下班后的时间交付给酒吧，在炫目的灯光、音乐的浪潮中放松一整天的紧绷。

作为土生土长的江城人，神秘果先生自然也不能免俗，只要是江城新开的酒吧，他都不会放过。

得知这一点的血腥玛丽小姐，决定打造一家江城前所未有的高端奢华酒吧，吸引神秘果先生的目光。

有钱能使鬼推磨，何愁开不了一家高端酒吧？从选址到装修、从硬件设施到管理团队，她都只要最好的。

在金钱的堆砌下，血腥玛丽小姐的酒吧很快成型。

夜幕降临，华灯初上，整个城市在灿烂的霓虹灯下格外妖娆迷离。

八月上旬，血腥玛丽小姐的酒吧 Bloody Mary 正式开业，由于其装修风格奢华大气，与众不同，吸引了众多前来想一探究竟的宾客，其中就有火龙果先生。

火龙果先生是神秘果先生的首席大秘，算得上一人之下万人之上。而且据说神秘果先生打算将权力交付于他，让他成为下一任集团总裁。一般人如果想要巴结神秘果先生，那么结识火龙果先生将不失为一条捷径。

如此重量级人物登场，血腥玛丽小姐自然在第一时间就端着一杯血腥玛丽鸡尾酒迎了上去。

火龙果先生眼看酒吧老板亲自前来招呼自己，不免对这家新开的酒吧增加了许多好感。

他这次前来，是带着任务的。

马上就到神秘果先生的生日了。每逢生日，神秘果先生都会一掷千金，大开派对，宴请宾客，彻夜狂欢。而每次筹划生日派对的任务，就压在了首席大秘火龙果先生的身上。

火龙果先生深谙神秘果先生喜新厌旧的习性，于是对江城内新开的场子很是关注，听闻市中心新开了一家高端上档次的酒吧，当即就驱车前来做实地考察。

不得不说，Bloody Mary 令他很满意。里面集合了古希腊式、罗马式、哥特式、巴洛克式、伊斯兰式以及东洋式、南亚式的装饰风格，浸透了古典与浪漫的色彩，带着一丝稳重与空灵。可谓是前所未有的奢华，无与伦比的浮夸，正是神秘果先生所喜欢的大杂烩样式。

“你觉得我这里环境如何?”血腥玛丽小姐一双眼睛含笑，像打落了的樱花让人心醉神迷。这些都是表演专业赋予她的技巧，她知道如何扮演一个受欢迎的女人。

“不错啊。”火龙果先生点点头，“场子很大，很适合承办派对!”

“神秘果先生的生日派对吗?”血腥玛丽小姐给自己点了一支烟，ZIPPO 划出的火焰酷似一个惊叹号。

“原来你也知道他的生日。”

“神秘富豪嘛，大家都关注着呢。”血腥玛丽小姐眨眨眼，“我特别想知道他的财富究竟从何而来。”

“是吗?”火龙果先生打哈哈，“要是我知道的话，一定偷偷告诉你。”

浓厚的烟圈徐徐上升，慢慢扩散，给血腥玛丽小姐添了一抹神秘感：“这次神秘果先生的生日派对就交给我承办吧，到时返你百分之二十。”

“百分之二十?”火龙果先生皱了皱眉，“那你赚什么。”

“不赚钱，赚名气。”血腥玛丽小姐将杯中酒一饮而尽，“能够承办神秘果先生的派对，对我的酒吧可是很好的宣传。”

火龙果先生垂目沉思了一下：“懂了，那就给你做吧。”

“谢了。”她的笑容短促即逝，就像伴随着阳光消失掉的脆薄露珠一样。

火龙果先生一走，血腥玛丽小姐就恢复了冷漠的常态。

自从太子爷得了抑郁症后，她的性格也改变了。在不同的人面前，她所展现的面具是不一样的。毕竟每个人的个性均不同，她会针对不同的受众换上合适的面具。

有时戴着面具的血腥玛丽小姐站在镜前，会连自己都分不清楚哪张面具才代表真实的自己。

神秘果先生的生日派对举办得很成功，这一点倒是出乎火龙果先生的意料。要举办一场成功的派对，最直接有效的方法就是砸钱，疯狂地砸钱。钱砸到一定的规模，派对的格调自然而然就会高大上起来。

火龙果先生算了一笔账，按照派对的奢华程度，以及给予他的百分之二十的返点，这场派对肯定是亏钱的，而且还亏得厉害。

作为一个逐利的商人，血腥玛丽小姐为什么宁愿亏钱也要承办如此奢华至极的派对？难道真是为了广告效应？

火龙果先生心存疑虑。

整个酒吧呈圆形，中间是流淌的水池，水体洁净、透明，在灯光下波光粼粼。附近还种有鲜艳茂密的热带植物，让人有一种在密林中参加派对的新鲜感。

火龙果先生端着波尔多干白，在人流如梭的派对当中驻足观望，发现血腥玛丽小姐正和神秘果先生邀请前来的宾客相谈甚欢。

其中和她友情快速升温的，是雪莉小姐。

雪莉小姐身着一袭经典黑色包臀裙，黑色丝袜护着一双细长又端直的美腿。身材火辣、美臀翘圆的她，不是模特胜似模特。

她父亲是烟草集团的董事长，大伯是警察局局长，家世显赫的她可谓是当之无愧的千金大小姐。这次她还带着自己的朋友一起过来玩耍，她们占据派对的一角，形成了一个小圈子，而这个圈子很快就吸纳了血腥玛丽小姐成为她们的一员。

火龙果先生发现血腥玛丽小姐有种特殊的社交本领，无论是和哪拨人相处她都能混得如鱼得水，像是某个多年未曾谋面的友人，而不是夜场里才刚刚认识的陌生人。

当晚派对的高潮，应该是来自黑布林先生的料理。

黑布林先生是掌控江城地下钱庄的黑布林家族的少主。他外形俊朗，浑身上下充满了高贵冷艳的气质。

据说他的技艺有三：烹饪、飙车、杀人。

在小道传闻中，黑布林先生杀过人，并且杀人后连尸体的摆放都是唯美的，像雕塑，像行为艺术，完全不像凶案现场。他将其中蕴含的血腥和暴力用符号的隐喻重新包装了，显得优雅富有内涵。

黑布林先生为了展现厨艺，让血腥玛丽小姐现场布置了一个小型厨房，然后身着厨袍的他开始用陶瓷刀切苹果，似乎是准备做沙拉。他的刀工异常精准，就像在做精细的外科手术。

血腥玛丽小姐在一旁偷偷观察，并分析出以他的刀功，如果想要快速肢解尸体，想必也不是什么难事。

作为烟草集团董事长的千金，雪莉小姐有幸在去年生日那天品尝过黑布林先生的料理，至今都难以忘怀。她最喜欢他做的黑布林果酱千层酥，那口感真是甜过初恋。

“黑布林先生经常展示厨艺吗？”血腥玛丽小姐压低声音问。

“这就和杀手锏一样，不会经常显露。”雪莉小姐自豪地说，“去年我生日那天他展示过，看在我爸爸的面子上为我做了一餐堪称完美的西餐，然后就再也没有在大庭广众下做过了，直到今日。”

“除了为你和神秘果先生做过料理，之前他还为谁做过？”

雪莉小姐报出了一连串权贵的名字。

“看来能吃上黑布林先生的料理，才代表真正进入了江城的上流社会。”血腥玛丽小姐调侃道。

“这倒是不假。”雪莉小姐嘴角露出一抹优雅的弧线。

“那看来我也得吃上一顿他做的料理才行。”血腥玛丽小姐端着一杯鸡尾酒，酒液像美丽的矢车菊那么蓝，将她衬托出诡秘绮丽的风华，“毕竟我也想进入‘上流社会’嘛。”

当黑布林先生做完一顿丰盛的料理后，Bloody Mary 里的追灯忽然亮起，吸引走了所有人的目光。

追灯打在今晚派对的寿星——神秘果先生的身上。他出现在酒吧富丽堂皇的高台上，金色的灯光将他衬托得无比高贵。

他从旋转楼梯上徐徐走下，举手投足之间带着一种英伦贵族的翩翩风度，优雅得无可挑剔。白色的袖扣和整洁干净的英式细条纹衬衫，恰到好处地显出他完美的身形。

场内酒酣耳热的宾客眼见寿星登场，开始自发地响起潮水般经久不息的掌声。

“非常感谢大家来捧场。”神秘果先生声音洪亮、春风满面地说，“在此，我要特别感谢黑布林先生，他的料理可谓是我今天收到的最豪华的礼物！”

此话不假，能够让黑道少主当着众人的面给自己做料理，一般人可做不到。

不过这样一分析，黑布林先生确实有他的过人之处。大丈夫能屈能伸，该低头时就低头。就像卧薪尝胆的越王勾践，等待着宝剑磨砺出的那一天。

待神秘果先生的讲演结束，众人分享了黑布林先生的佳肴。随后，舒缓的轻音乐不知何时被换上了震耳欲聋的电子乐，大家开始进入狂欢模式。此刻的黑布林先生则选择独自一人来到后台，准备脱下身上的厨袍。

“就这样当神秘果先生的厨师，甘心不?”尾随而至的血腥玛丽小姐突兀地问。

“我不知道你在说什么。”

些许光线从门缝里漏进来，照出空气中浮动的粉尘，也照亮了血腥玛丽小姐青花素瓷般的脸：“你本来应该是这个城市的黑道头把交椅，却拱手相让给神秘果先生，不觉得憋屈吗?”

时间似乎从来不会将那些泛黄已久的疼痛记忆慢慢地抹杀在光景里，相反，这些记忆时不时地就会被岁月的魔掌招摇过市般地撕扯出来，在你的胸口翻腾搅拌，让你疼痛难忍。

“你只不过是个区区酒吧老板，有必要对这些事感兴趣吗?”黑布林先生的眉毛弹琵琶似的抖动了几下。

“不瞒你说，我对你很感兴趣。”

“可我对你没兴趣。”他的话就像雪花无声地飘落，带着一种彻骨的冷。

目送黑布林先生离去的血腥玛丽小姐，恢复了面无表情的常态。她刚才是故意引起黑布林先生的不悦，毕竟想要一个人记住自己，不一定非得取悦他，挑衅也未尝不是一种好方法。

派对在拂晓时分结束。

清晨，天空灰蒙一片，显得没有生机，让人看了都会产生一种压抑。一片不强不烈稍带温度的阳光透过窗户，斑斑驳驳地落在明亮的地板上。

送走最后一位宾客的血腥玛丽小姐，来到酒吧后台的办公室里，整个人陷入柔软的沙发中。她身子虽然放松了，大脑却依旧在快速转动，跳着优美的华尔兹。

她思前想后，决定从黑布林先生入手，逐步瓦解神秘果先生的黑金帝国。

睡了一觉后，已经是下午了。天空覆盖着厚厚的云层，颜色是让人看上去抑郁的灰色。

血腥玛丽小姐给火龙果先生打了一通电话，约他在一家露天咖啡厅见面，将事先说好的返点给对方。

两人刚一会面，血腥玛丽小姐二话不说就将厚厚一沓钱从包中取出，放到火龙果先生面前。

火龙果先生清点了一下数目，轻微地“咦”了一声：“怎么比事先约定的还多了百分之五?”

“数学不错嘛，那多出来的百分之五是另外一件事情的酬劳。”血腥玛丽小姐红唇微拢，舌尖滑出的烟气顺着头部扬起，带出一个迷离的烟圈。

“什么事？”

血腥玛丽小姐说想让火龙果先生提供点情报，让她好接近黑布林先生。

“你要干什么？居然想要接近那么危险的人物。”火龙果先生有点震惊。

“当然是要追求他啊！”血腥玛丽小姐信口雌黄。

“他可是很冷漠无情的！”火龙果先生猛灌一口咖啡压压惊。

“冷漠无情的男人，总是给人一种看似彬彬有礼若有似无的感觉，这种感觉往往能击中姑娘的心。”血腥玛丽小姐假装露出一副花痴样。

火龙果先生差点把口里的咖啡喷出来。

“帮不帮我？痛快点。”血腥玛丽小姐的目光就像强盛又灼人的烈日，迫得火龙果先生不得不转移视线。

“帮。”火龙果先生看在报酬的份上，无奈地耸耸肩，“我会将我知道的关于黑布林先生的一切告诉你。首先，如果晚上没有应酬，他每天下午都会准时在菜市场买菜……”

黑布林先生的真实生活和大多数人心中所想的相距甚远。如果不应酬的话，他会睡得很早，睡前会泡泡澡，听点爵士乐。

他不抽烟也不嗜酒，饮料和茶也不爱。你要问他最喜欢喝什么，答案居然是白开水。

他周遭也没有什么小弟、随从、保镖之类的人，出门买菜也好去公司也罢，他总是独来独往，完全没有一个呼风唤雨的黑道少主应有的风采。

几乎每天下午，他都会准时出现在家附近的菜场，采购当晚所需的食材。

他很喜欢菜市场，因为在那能感受到人间烟火扑面而来，有种切肤的暖意。

“咦，你也在这里呀！”突如其来的问候让黑布林先生一惊，他回头，发现 Bloody Mary 的老板血腥玛丽小姐正站在自己身后。

“这句话应该是我问你吧。”黑布林先生目光冰冷，仿佛凝结在大理石上的冷露，“你为什么在这里？”

“我来微服私访，看看菜的价格，以鉴别采购员有没有虚报多报。”血腥玛丽小姐拿起一棵大葱，在黑布林先生的面前晃动。

“你身为老板，应该用人不疑疑人不用才是。”黑布林先生以迅雷不及掩耳之势将大葱从血腥玛丽小姐手中夺走，放回菜摊上。

“现在世风日下，人心隔肚皮，不防不行啊！”血腥玛丽小姐用指尖扒拉黑布林先生手中的塑料袋，“哇！原来你喜欢吃豆腐啊，居然买这么多。”

黑布林先生摇摇头，开始埋头逛菜场，不再接话。

血腥玛丽小姐堆上满脸笑意慢慢地跟着他。她走得很安静、很沉稳，慢到连时间似乎都停下来等待她。

黑布林先生采购完毕走出菜市场，发现血腥玛丽小姐依然在尾随，不由叹了口气："直接说吧，你接近我有什么目的？"

"没什么目的，就是喜欢你……"她的声音把黑布林先生笼罩起来，仿佛隔绝了周遭的一切。

"我是做非法生意的……"夕阳穿破千万朵细碎的云，透过叶与叶之间的罅隙，轻轻覆在黑布林先生冷酷锋利的脸上，"知道这一点后，你还喜欢我吗？"

血腥玛丽小姐睁着无辜的大眼睛，说了一番话，让黑布林先生的脑子像在放礼花。

"你说什么？!"黑布林先生讶然。

血腥玛丽小姐无奈地重复了一遍："我说我喜欢你的料理，你只要教会我做几道适合夜店的菜品，我就不缠着你了。"

"啊？"

"你知道的，我的 Bloody Mary 不能只卖酒，想要财源广进，肯定要配一点美食才行得通。"

"……"黑布林先生的脑子已经不够用了。

黑布林先生喜欢上烹饪和他妈妈有关。

他几年前丧母，每当回忆起有关母亲的画面，全是她在厨房辛勤劳动的光景。

在这些景象里，是母亲把各种食材从洗择干净到入锅，炒熟之后端上桌，他则在雀跃的等待后，开始一饱口福。

母亲去世后，他再也尝不到那种味道了，于是只好自己学着做。

似乎是遗传，他很享受烹饪的过程。当他把那些五花八门的调料加上五颜六色的食材放进锅中，只消一会儿，一盘盘色香味俱全的佳肴便如魔法般浮出。

“你学过烹饪？”血腥玛丽小姐站在他家开放式的厨房内，观摩着他的刀功。

“没有。”黑布林先生说，“你呢？”

“学过，我在新东方烹饪学校进修过！”血腥玛丽小姐拍了拍自己的胸脯。

黑布林先生满脸黑线：“那好吧，待会我教你几个独门秘方，保证你酒吧财源广进。”

“好的好的。”血腥玛丽小姐笑意盈盈，“太感谢了。”

黑布林先生和血腥玛丽小姐犹如硬币的正反面，拥有两种截然不同的生活方式。想要接近黑布林先生，必须进入另一种完全新鲜的人生体验。这一点，血腥玛丽小姐是做好心理准备的，可她万万没有想到，这种新鲜体验全部出乎她的意料。

她原以为，黑布林先生的生活充满了血腥、暴力、恐怖……不料，却是如此温情脉脉。

血腥玛丽小姐的内心深处涌起一丝清爽、微甜的情愫，难道是喜欢？不，不可能。她已经心有所属了。

——只是欣赏罢了。

她自我告诫。

黑布林先生在给手中的料理装盘之际，放在一旁的手机开始震动，铃声竟然是央视新闻联播的开头曲。

还没等血腥玛丽小姐震惊的表情消失，黑布林先生就结束了通话。

“怎么了，对铃声很意外?”

血腥玛丽小姐木讷地点点头。

“那个，我现在得出去一趟，看来今日的烹饪教学要提前结束了。”黑布林先生迅速将炉火熄灭。

“没事啊，如果可以的话，我跟你一块去呗，然后回来再继续。”血腥玛丽小姐死皮赖脸地说。

黑布林先生当即否定了这个提议，坚持要将血腥玛丽小姐送回 Bloody Mary。

血腥玛丽小姐当即生疑，觉得他肯定要去办一些机密的事。可自己既然不能跟过去，只能顺水推舟道：“那好吧，正好体会一下你的车技。”

他的座驾是捷豹 F-TYPE，在车的选择上，黑布林先生总算有点黑道少主的派头了。

驾驶跑车行驶在城市空旷的道路上，黑布林先生丝毫没有想要“飙”的意思，红灯停绿灯行，见到黄灯停一停，简直比交警还遵守交规。

“你平常开车都这么遵守规则吗？”血腥玛丽小姐好奇地问。

“是的。”

“怎么和传闻的不一样？你不是喜欢飙车吗？”

“那只是在比赛的时候，平日里我可是很遵守规则的。”

他专注于前方的道路，眼珠都不偏移一下。这给了血腥玛丽小姐可乘之机，她一边和黑布林先生闲谈，一边偷偷地将一元硬币大小的微型窃听器粘在了座位底部。

她想知道黑布林先生等下究竟去干什么，只能通过这种方法了。

“到了。”黑布林先生拐了一个弯，停在了 Bloody Mary 前。

“谢了。”血腥玛丽小姐“啪嗒”一声，将安全带从插槽里释放，“别忘了下次继续烹饪课程喔！”

黑布林先生点点头，目光像是搁浅在铁轨上的轮船，充满了一种血腥玛丽小姐无法理解的含义。

黑布林先生适才在厨房接到的是伏特加小姐的电话，她是神秘果先生的情妇。她通知黑布林先生，让他速来长岛别墅一趟，神秘果先生有份文件要给他。

通常情况下，所有事宜应该是由首席大秘火龙果先生代为传达，这次破天荒居然是伏特加小姐传达，让他颇感意外。

不过既然是神秘果先生的指示，他只好听从。驱车来到神秘果先生的宅邸，他发现伏特加小姐已经在大门处等候他了。

“不需要进去吗?”黑布林先生将车停在了伏特加小姐面前，摇下了车窗。

“不需要。”伏特加小姐淡淡地说，“神秘果先生正在和家人共进晚餐。”

不愉快的情绪立刻从黑布林先生的脑沟中涌出，随血液游遍全身。

“那看来并不是什么要紧的事，资料文件啥的，可以明天通过火龙果先生给我，何必大晚上的让我赶来?”

“这件事就是不能通过火龙果先生，所以才要大晚上的把你叫来。”伏特加小姐倚在车窗上，给自己点了一根“黑魔鬼”女士烟。她腰肢纤细，眉眼如画，似水莲花清纯，又似罂粟花妖娆。这种女人吸烟本身就是一种诱惑，散发着一种说不清道不明的致命吸引力。

“哦?”黑布林先生抬了抬眉。

“文件和神秘果先生的亲笔说明都在这里。”伏特加小姐从包里取出文件袋丢在了副驾驶上，“你一看便知。”

黑布林先生打开文件袋，取出其中的说明大致看了看，眉头皱成三段。

“为什么要给他这么大的‘惊喜’?”

“按照神秘果先生的要求做就是。”伏特加小姐的眼神中透着刺骨的冷漠，“不要问为什么，这是命令。”

连“为什么”都不能提，仰人鼻息的感觉真不好受。好在类似的苦涩黑布林先生已经尝过很多次了，忍忍也就过去了。

“明白。”他强压下心中的不满，应声道。

通过窃听器偷听到全部谈话的血腥玛丽小姐，对神秘果先生的亲笔说明分外好奇。她稍作推理，就得悉这份亲笔说明肯定是对火龙果先生不利的，要不然神秘果先生怎么会想方设法绕开他呢。

站在血腥玛丽小姐的立场，她很想离间火龙果先生和神秘果先生。毕竟火龙果先生可以说是神秘果先生的左膀右臂，肯定知道不少神秘果先生的内幕，如果成功让他倒戈，那搞垮神秘果先生就很简单了。

可如何让火龙果先生知道这一消息是个棘手的问题。她总不可能把偷听到的对话拷贝一份发给他吧？那岂不是暴露了自己窃听他人的事实。况且那对话并不能说明什么实质性问题。

她必须拿到那份亲笔说明，否则口说无凭，火龙果先生也不会相信她。

好在黑布林先生的生活轨迹比较单调，除了回家就是去公司。而文件袋放在公司的概率最大。

黑布林先生虽说从事的是地下钱庄的生意，但明面上却是一家投资担保公司的总经理。该公司坐落于江城天地，黑布林先生通常都在那里办公。

热气蒸腾的街道，摩天大楼恍若活的生物般蠕动着。

黑布林先生站在落地窗前环顾四周，可以看到成千上万幢玻璃建筑，它们反射出耀眼的白光。

他的办公室很大，像一个篮球场。装饰风格洋溢着粗犷豪放的中世纪格调，随处可见文艺复兴时期的油画，它们与带有历史气息的石板地面相得益彰。

这些匠心独具的设计，让来客感觉像在欣赏一本神秘莫测的书。

“咚”、“咚”、“咚”，三声平缓的敲门声响起后，秘书探进头来给黑布林先生汇报了一件事，然后说有人想见你，自称是您的烹饪学徒。

“学徒?”他的目光就像从水底抬头仰望天空似的遥远缥缈，“难道是……让她进来吧。”

他走回办公桌前，在办公椅上正襟危坐。他身着一袭黑色西服，在太阳的照射下，西服上低调装饰的钻石袖扣闪闪发亮。

当血腥玛丽小姐抱着巨大的箱子走进来时，他深深地嗅了一口空气，肺叶鼓胀起来：“怎么一股海产品味道。”

“这些都是送给你的食材，为了感谢你教我。”血腥玛丽小姐将箱子放到他办公桌上，“分别是澳洲生蚝和皇帝蟹。”

“那你拿到我办公室来干什么?”他凝视着血腥玛丽小姐，腿不耐烦地一上一下地抖动着，皮鞋跟摩擦着地板，清亮的足音回荡在空旷的办公室里。

“我又没你家的钥匙，当然是送到你公司来啊。”血腥玛丽小姐笑道。

伸手不打笑脸人，何况别人是来送礼的。

黑布林先生叹了口气，脱下西装卷起袖子将箱子抱起。健硕的肱二头肌，含苞欲放似的藏在衬衫后面。

“你把它搬到哪里去？”血腥玛丽小姐问。

“当然是厨房啊。”黑布林先生说，“那里有冷冻柜。”

“你公司真厉害，居然连厨房都有。”

“因为我喜欢吃自己做的东西。”黑布林先生认真地说，抱着箱子走出了办公室。

血腥玛丽小姐待他踏出办公室，当即开始翻箱倒柜。也不知道是她运气好还是技巧高超，在黑布林先生离开办公室的这短短几分钟，文件和亲笔说明就被她找到了。

当她用手机逐一拍下，并将一切还原妥当后，黑布林先生也正好推门而入。

“完美。”她内心雀跃道。

下午的阳光斜照在都市繁华的街道上，反射出金黄的碎片。

送完礼的血腥玛丽小姐来到了江城最大的商城。外头酷热难耐，但商城里却寒气逼人，走进去没多久，她光洁的皮肤就已起了一层细密的鸡皮疙瘩。

她落座于商城里一家清吧，点了两杯火龙果樱桃鸡尾酒，等候着火龙果先生。

下午的清吧没多少人，静谧得可怕，很适合聊天会晤。

火龙果先生刚一出现，血腥玛丽小姐就干脆地将厚厚一沓资料从包中取出，放到火龙果先生面前。

“你把我匆匆忙忙叫过来，到底是为了啥事呀？”火龙果先生的心绪有点起伏不定。

“你看了就知道了。”血腥玛丽小姐平静地说。

他去掉了绑着文件的束带，开始过目：“怎么这么模糊？”

“这是用手机偷拍后打印出来的，自然像素不高。”血腥玛丽小姐跷着二郎腿，一只脚正在轻轻地拍打着地面，好像故意要展露她那纤美性感的小腿似的。

火龙果先生感觉文件上的每一个方块字都像鱼刺针尖，刺着视线越来越痛。

“怎么会是这样？！”他将杯中酒全部灌进胸腔，借以浇灭内心熊熊燃烧的烈焰。不料酒精之于烈焰，就像引线之于火药，内心的火焰非但没有减弱，反而逐渐增强了。

如果说把这世上不会背叛神秘果先生的人列成一个名单，那么名单上一定会有火龙果先生的名字。

火龙果先生忠心耿耿、任劳任怨，从神秘果先生还没有崛起前就相随，一直到他发迹，可以说是元老级人物了。他从来没有想过，神秘果先生会对他下手。

三个月前，神秘果先生和火龙果先生开会时提及，说集团已经走上正轨，他不想再操心，希望火龙果先生能多担待，成为下一任集团总裁。

“没想到居然是个陷阱……”火龙果先生落寞地放下文件，面目颓唐。

“你本以为是神秘果先生看在你跟随他多年的份上，让你成为下一任集团总裁，岂不知实际上给你的是一个空壳罢了。”血腥玛丽小姐提前看过文件，知道这个集团即将成为空壳。

操作手法很简单，一句话就可以概括：集团的财务都是神秘果先生的人，他指示他们做点假账再找点关系让银行贷款给集团，然后他来个釜底抽薪把钱转移走，卷铺盖走人，留下一堆烂摊子交给新上任的火龙果先生，让他接盘。

而这么大的金额，找银行借钱是需要投资担保公司的，黑布林先生的公司正好可以用于这方面。

“我有两个问题。”血腥玛丽小姐捋了捋自己那如海藻般茂密的长发，换了一副高深莫测的表情，“第一，为什么神秘果先生要这么做？”

“估计是因为离婚的事吧。”火龙果先生脸色黯然如茶垢。

“离婚？神秘果先生和那个部级干部的女儿离婚了？”血腥玛丽小姐震惊不已。

火龙果先生微微颔首的侧脸，默默地肯定着她的话语：“是的，他出轨被妻子逮个正着，没办法只好离婚。之后女方碍于颜面也没声张，以至于很少有人知道。”

“神秘果先生就更不想声张了，一旦声张了，他的权势也必将不复存在。”血腥玛丽小姐讥诮道，“可他知道纸是包不住火的，自然要想尽办法在权势失去前把钱尽数卷走。”

“那他为什么选择我当替罪羊？我是那么的信任他！”

血腥玛丽小姐耸耸肩：“所以只有你才会相信这种天上掉馅饼的事，换作其他任何人，都会怀疑其中有诈。”

“说的也是……”火龙果先生露出尴尬又苦涩的笑，“他还四十不到，凭什么甘心把位置让给别人，我可真糊涂。”

“第二，为什么黑布林先生要听命于他？”血腥玛丽小姐问，“他是不是有什么把柄握在神秘果先生手里。”

火龙果先生点点头：“没错，不知道你听过一个传闻没有，黑布林先生杀过人……”

黑布林先生之所以甘愿臣服于神秘果先生，是为了借助他的势力复仇。

在神秘果先生崛起前，江城不止一家黑道势力，而这些黑道势力中最弱小的，当属黑布林家族。

夹缝中求生存的黑布林家族，犹如风中残烛，尽显败象。在其他家族层出不穷的暗算下，黑布林先生的母亲惨遭不幸，死在了一次精心伪装的交通事故中。

黑布林先生的父亲因为这件事一蹶不振，很快也随母亲去了。

几乎家破人亡的黑布林先生为了向其他家族复仇，投靠了正准备大干一场的神秘果先生。正巧神秘果先生没有黑道方面的助力，两人一拍即合，展开了深度合作。

有了神秘果先生在政界的帮助，黑布林先生势如破竹，用一系列计策将其他家族收拾殆尽，甚至还捕获了当时谋杀他母亲的始作俑者，在神秘果先生的授意下关在集团的地下室中。

黑布林先生出于激愤，在集团的地下室里动用私刑，亲手用绞杀索勒死了那个人，不料这一切都被神秘果先生安装在地下室的微型摄像头记录了下来。

“这都是神秘果先生安排好的，他为了掌控黑布林先生，必须拿到他的把柄，而他杀人的视频，就是把柄。”火龙果先生娓娓道来，“其实在我看来这是多此一举，他不这样做，黑布林先生也会念及他的恩情一直追随他。这样人为制造把柄，反而弄巧成拙，让黑布林先生心生怨怼。”

“那你的意思是说，只要把这视频资料毁得一干二净，黑布林先生就不会再听命于神秘果先生？”血腥玛丽小姐的声音非常柔软，但却饱含锋芒。

“那肯定了。”

“你知道视频资料藏在哪里吗？”

“知道。”

“那看来黑布林先生迟早和我们是一条战线的。”血腥玛丽小姐说。

火龙果先生抬了抬眉，“你为什么对神秘果先生如此关注，这一切对你而言，究竟意味着什么?”

“我只能告诉你，我是猎手，他是猎物，这是独属于我的追逐战!”血腥玛丽小姐的视线就像猫咪追逐线球一般，黑暗的根须在其中张扬。

她汲取着仇恨的养分，长出了足以吞噬世界的荆棘。荆棘上是阴郁的果，果上尽是可以捣毁一切幸福的黑色花苞。

也许只有当一切尘埃落定，血腥玛丽小姐才会把自己的过去与动荡不安悄悄地埋葬在青春的荒野里，等候下一季的雨露，收获微笑与幸福吧。

等候
下一季的
雨露

收获
微笑与
幸福

15. 君临天下的黑布林先生

黑布林先生不喜欢酒吧，也不喜欢派对。

在他看来，所谓酒吧也好派对也罢，不过就是男男女女聚在一起喝酒，互相调情，随着吵吵嚷嚷的音乐翩翩起舞，八卦不在场的“朋友”。

无趣。

十分无趣。

如果不是因为这次的聚会有血腥玛丽小姐，他是不会来的。

“怎么你看上去有点闷闷不乐呀？”血腥玛丽小姐端着两杯酒来到他身旁，递给了他一杯，“这里高楼林立，四处灯红酒绿，理应开怀畅饮才是！”

“不毛之地高楼林立，流亡之处灯红酒绿。”黑布林先生注视着血腥玛丽小姐的双眼，深黑的眸子像是一汪冬泉，“有什么值得开怀畅饮的？”

血腥玛丽小姐耸耸肩，“你今天好奇怪，说话夹枪带棒的……”

“你们怎么还在外面？赶紧进屋啊！”火龙果先生凑了过来，

热情地招呼道。

这次的派对是火龙果先生发起的，几乎所有熟识的朋友都受到了邀请，唯独神秘果先生没有收到邀请。

火龙果先生给出的官方理由是，如果邀请了神秘果先生，那么这次派对就喧宾夺主了，没他这个主人什么事了。可只有血腥玛丽小姐明白，他这是在巧妙地暗示圈内人，他和神秘果先生已然有了隔阂。

黑布林先生很敏锐地发现了这一点，可这并不是他关注的重点。他关注的是，为什么当他一踏入火龙果先生的别墅，站在门口迎接客人的居然是血腥玛丽小姐。

怎么会是血腥玛丽小姐代火龙果先生迎接客人呢？

他陷入了深深的思索之中。

黑布林先生和血腥玛丽小姐已经认识有一段时日了。

这期间发生了很多故事。首先是血腥玛丽小姐打着要给自己酒吧增加菜品的旗号，缠着黑布林先生教自己烹饪，以此争取到了很多独处时光。

血腥玛丽小姐这一招很聪明，一起做饭确实是增进感情的好方法。

两人经常一起逛菜场，下厨房。在油盐酱醋、锅碗瓢盆、炊烟袅袅的厨房里，人与人之间的距离被拉得无限近。

有一次黑布林先生切着菜，无意间将手指切破了，血刚一冒出来，血腥玛丽小姐想也不想地就将他的手指含进了嘴里，用唾液浸润伤口消毒。

黑布林先生完全懵了，脑袋烫得像一枚燃烧弹。

像这种暧昧的小细节不胜枚举，屡屡发生在这间小小的厨房里，温柔无声地摧毁着黑布林先生的防线。

本来想着随便教几个料理就打发掉她的黑布林先生，在不断的相处中，发现自己这个想法逐渐被动摇了。特别是在得知火龙果先生经常拜访血腥玛丽小姐后，更是颠覆了这个主意。

他决定继续将这种暧昧不清的关系保持下去。

这种心理畸变看似有点难以理解，但只要稍作分析，就恍然大悟了。

众所周知，黑布林先生和火龙果先生均是神秘果先生的左右手，可黑布林先生风光的程度却远远不及火龙果先生。

一旦有了土壤，嫉妒与仇恨就会迅速发芽生长成为参天大树。嫉恨火龙果先生的黑布林先生，很想在某件事上彻彻底底地盖过他。

现在好了，机会来了。

在黑布林先生看来，火龙果先生三番五次地去血腥玛丽小姐的酒吧做客，定是喜欢上了血腥玛丽小姐。

火龙果先生喜欢血腥玛丽小姐，而血腥玛丽小姐喜欢自己。这样一想，冰封般的嘴角不免流露出一丝得意的笑，似乎在这件事上，他找到了比火龙果先生高人一等的感觉。

可后来发生的一件事又让黑布林先生有些烦躁了。

不知道是不是受到《速度与激情》这部系列电影的启发，神秘果先生在江城也策划了类似的比赛，以此牟利。

在这个比赛当中，火龙果先生的朋友龙眼先生连续两次夺冠，并在第二次比赛中击败了黑布林先生。

若是被其他人击败也就罢了，偏偏击败自己的人是火龙果先生的朋友，这让黑布林先生怎么咽得下这口气？

“在想什么呢？”血腥玛丽小姐离他很近，温热的呼吸吹在他耳垂上，打断了他的遐想。

此刻黑布林先生已经在火龙果先生的招呼下，和血腥玛丽小姐走进了别墅大厅。

大厅的地板明亮如镜，天花板附近则漂浮着氢气球。头顶是华丽的水晶垂钻吊灯，打在五彩缤纷的 RIO 上，增添了不少美感。

“在想火龙果先生举办这个派对的用意。”黑布林先生从三层的点心塔上拿起一枚马卡龙塞进自己的嘴里，“这马卡龙太甜了。”

“还能有什么用意？是我拜托他开这个派对的。”

“你？”惊讶如同根植在黑布林先生心中的植物，不断生长。

“是啊，你也知道我是开酒吧的嘛！自然认识些开酒庄的朋友，他们遇到点库存压力，托我多销点酒，我自然也得想办法不是？”血腥玛丽小姐眨眨眼，“这不，我就想到让火龙果先生搞场派对，那样酒就有销路了。”

“那为什么不找我？”

“找你？你不是最讨厌派对的嘛。”血腥玛丽小姐的眨眼瞬间变成了翻白眼，“我才没那么傻呢！”

黑布林先生竟无言以对。

这样一解释，他倒也明白为什么是血腥玛丽小姐站在门口迎接客人了，心底释然了不少。

悠扬的乐声从后院传来，看来是舞会开始了。

隔着几厘米的血腥玛丽小姐对黑布林先生伸出手：“来，我们跳支舞吧。”

“好。”黑布林先生心里微微一动，就像被风拂过的灌木，露出叶底藏着的繁花。

当黑布林先生和血腥玛丽小姐在后院翩翩起舞之际，火龙果先生则来到车库，和邀请前来检修大黄蜂的龙眼先生攀谈着。

“车的情况如何？”火龙果先生一边问一边接过龙眼先生递过来的烟。

“刹车片、机油都要换了。”

火龙果先生点点头，然后仔细瞧了瞧手中的烟：“这该不会是你女友制作的大麻烟吧？”

“是啊，尝尝，口感很不错的。”龙眼先生给自己也点上一根，吸得如梦如幻，如痴如醉。看来选择什么样的女人就等于选择了什么样的人生，要知道以前的龙眼先生可是烟酒不沾的，现在却抽起了大麻。

火龙果先生夹着大麻烟犹豫了一下，最后还是将它放进了衣兜里：“明天就是第三场街头狂飙比赛了，你做好准备没？”

“准备好了。”他吞云吐雾，将周遭的一切升华成仙境一般，让火龙果先生感觉自己身处云雾之中，“我有信心取得三连冠！”

“那这次的奖金打算用来干什么呢？”

“买房啊。”

“哟呵，看不出来呀，你不是个浪子吗？浪子居然会想到买房！”

“还不是想给威士忌小姐一个安稳的家。”龙眼先生眼露温柔，“我不想让她颠沛流离。”

“若你想护她一世安宁，光有房是不够的。”火龙果先生像是一盆冰水，不留情面地浇在他脸上，“你也知道在我们国家，制作大麻烟一百五十千克以上就可判死刑。而威士忌小姐已远远超出这个数目。”

龙眼先生一口接一口地抽着大麻烟，成串的烟圈忧郁地顺着窗棱飘出去：“那有什么？她交了保护费的，有你那手眼通天的老板罩着，谁敢抓她！”

“那万一神秘果先生自身难保呢？”

“什么意思？”

“作为朋友，我不得不告诉你。”火龙果先生的眼中仿佛有火焰在摇曳，让龙眼先生有种被灼烧的错觉，“神秘果先生已然失去庇佑，现在正处于跑路的边缘。”

“什么?!”

空气开始变得压抑，仿佛两人正身处一座巨大而空旷的坟墓里。

“他一旦跑了，对我们俩都不利。”火龙果先生压低声音，“所以我们必须让他跑不成。”

龙眼先生不是很明白火龙果先生的意思，毕竟他只是一个街头赛车手，从未涉及社会上层的利益斗争，不懂其中的盘根错节。好在火龙果先生看出来他的迷惘，决定用简明扼要的方式告诉他前因后果。

神秘果先生一旦跑路，那么威士忌小姐就没人庇佑了。威士忌小姐活跃于神秘果先生的派对之中，贩毒的行径几乎是人尽皆知。一旦失去靠山，那么不出两三天就会被关进局子里。

那如何才能避免这个悲惨的结局呢?火龙果先生给出了药方。

“你明天去赛场前先来一趟我这里，我会给你一个大的旅行箱，里面整整有两百万美金，以及你和威士忌小姐的伪造证件。”火龙果先生压低声音说，“这些钱足够你们在国外安身立命了。而且你也知道，在某些国家飙车和贩毒都不算违法。在那里，你们可以尽情施展抱负!”

龙眼先生眼中一亮："两百万美金……一千多万人民币！"

"是啊，作为朋友还够意思吧。"火龙果先生重重地拍了拍龙眼先生的肩膀。

龙眼先生知道天下没有免费的午餐："你需要我做什么？"

"我希望比赛时，你作为领头羊驾驶你的EVO冲撞交警，记得一定要好好挑衅他们，最好是能上头条的那种。"火龙果先生的目光犹如浩瀚无垠的海洋。

在别墅的另一头，舞会正在如火如荼地进行着。

华尔兹舞曲轻快、明朗又动人，舞步亦是如此。随着轻快的步伐，血腥玛丽小姐被黑布林先生带起，脚步似莲花绽放，又似飞龙穿梭，尽情挥洒。

"我问过火龙果先生，知道了你为什么会受制于神秘果先生……"血腥玛丽小姐在共舞的间隙，在黑布林先生的耳畔轻吟。

黑布林先生的眼睛瞬间流露出如水般冰凉的光："看来他真是什么事都和你说。"

"那肯定的，他喜欢我嘛。"血腥玛丽小姐撒谎了，聪明如她，早就看出来黑布林先生吃醋了，而她正好可以利用这点。

"那你喜欢他吗？"黑布林先生面沉如水。

"我喜欢谁，难道你不知道？"她将所有的狡黠都深深藏在眼睛后面，只留下纯真的笑靥。

她的话轻柔缭绕在这个充满暧昧的方寸之间，让黑布林先生彻底放松下来，使他卸下了所有伪装，脸上不禁挂着安然的神情。

“我可以帮到你。”血腥玛丽小姐说。

黑布林先生感到怀中人柔软极了，像抱着一团软绵绵的棉花糖，“帮我什么?”

“帮你摆脱掉神秘果先生的控制……”她轻微仰着下巴，搁在黑布林先生的肩头，“帮你君临天下。”

黑布林先生不知道为了今天这场戏，血腥玛丽小姐和火龙果先生谋划了多久。

让我们把时光倒回，回到几周前的一个黄昏。从那一日起，一切都只不过是命中注定。

剪影中的过往，渐渐拭去尘埃，画面鲜活起来。

别墅的地下酒窖里有着数条宽敞的长廊，摆满了密密麻麻的蜂巢酒架。火龙果先生点燃了放在石壁凹槽里的烛台，在稀薄的火光下，他从放着插满红酒的蜂巢酒架中取出一瓶 82 年的拉菲。

“没想到你这里窖藏还挺多。”血腥玛丽小姐打量了一下周遭，发现窖藏的名酒数不胜数。

“还不是为了显摆，其实我根本就不懂红酒。”火龙果先生把瓶塞打开，顿时一股浓郁的果香扑鼻而来。

血腥玛丽小姐接过火龙果先生递过来的酒杯，给自己倒了一杯，仰头咕隆咕隆地灌了下去。

“应该醒醒酒再喝，口感会更好……”

“我没你那么穷讲究。”

火龙果先生尴尬地笑了笑，“我发现你最近和雪莉小姐他们一伙走得挺近，是有什么用意吗？”

“想要扳倒神秘果先生，光靠你我二人是不够的。”血腥玛丽小姐认为颠覆神秘果先生必须异常小心，毕竟只要一步踏错，就会引来杀身之祸，“我们需要盟友。”

“盟友可不好找，毕竟不像你我二人是绑在一条绳子上的蚂蚱。万一你找的盟友不靠谱，我们的计划就流产了。”火龙果先生给自己倒了些许拉菲，静静地摇晃着杯体。

他之所以一条心追随血腥玛丽小姐，是因为他别无选择。他掌握了太多神秘果先生的秘密，若是请辞不干一走了之，肯定会惨遭灭口；若是继续留在神秘果先生身边，那么就注定会成为他跑路后的替罪羊，在他逃之夭夭后被绳之以法，牢底坐穿。

无论怎么抉择，都是败局；唯有反抗，才有一线生机。

“说是盟友，其实互为利用；即为利用，又何须推心置腹；不推心置腹，又怎会泄露计划？”血腥玛丽小姐眼神干脆利落，像是月光照在清浅的水池里。

火龙果先生仔细咂摸了一下，发现确实言之有理：“那关于盟友，你相中谁了？”

“雪莉小姐、龙眼先生、圣女果先生、蓝莓先生、芒果先生、百利甜小姐……”血腥玛丽小姐顿了顿，“以及黑布林先生。”

“你要动员这么多人？”

“没错。”血腥玛丽小姐说，“只有这样才能保证你安全地躲在幕后，不被揪出来。”

火龙果先生明白，一旦神秘果先生觉察出有人在捣乱，他第一个怀疑的定是自己，如果想要全身而退，非但不能留下一点蛛丝马迹，还必须放出“烟雾弹”。

“可你怎么能保证他们都是反对神秘果先生的？”火龙果先生在雪茄箱里挑出一根雪茄，然后从兜里拿出长火柴，“要不要来一根？上好的古巴雪茄。”

血腥玛丽小姐接过雪茄，点着后开始了详细的讲述。

身为警察局局长侄女的雪莉小姐，一直深爱着龙眼先生，可惜龙眼先生一心都扑在飙车上，以至于两人分道扬镳。在血腥玛丽小姐潜移默化的影响下，雪莉小姐把造成这个局面的罪魁祸首安在了神秘果先生身上。陷入爱情的女人就是蠢，她认为若是没有神秘果先生举办的街头狂飙比赛，龙眼先生就会回心转意。

龙眼先生在邂逅以贩毒为生的威士忌小姐后，则一心想护她一世安宁。“一世安宁”不是光靠喊口号就能达成的，而是需要实打实的真金白银。如此一来，只要稍加引导外加巨额的钞票，就能利用他做任何事。

圣女果先生则和神秘果先生有血海深仇，至于是什么样的血债，血腥玛丽小姐没有细说，她只是告诉火龙果先生，血债肯定是要血偿的。

蓝莓先生和神秘果先生结梁子始于白兰地小姐，说得浅白点，就是神秘果先生上了蓝莓先生想上的女人。

至于芒果先生和百利甜小姐，都是雪莉小姐的挚友，不说肝脑涂地，至少能力范围之内的事是一定会帮的。

“至于黑布林先生……”血腥玛丽小姐吐出一口烟圈，它们以一种妖娆的姿态尽情释放着，“我们必须激发他，让他发自内心地反抗神秘果先生，这才是整个计划最难实施的地方。”

“没错。”火龙果先生点点头，“只要黑布林先生扛起反旗，那么我就真的可以全身而退了，没有人会怀疑到我身上。”

“关于怎么激发黑布林先生的反叛，我倒有个法子……”血腥玛丽小姐似乎露出了一抹笑，只是那笑如梦般轻淡飘盈，令人捕捉不到。

派对结束了。

大厅漂浮着的氢气球瘪了，软塌塌地趴在地上；地上则是许许多多的空酒瓶和爆米花碎屑，简直一片狼藉。

黑布林先生和血腥玛丽小姐走得突然，连声“再见”都没和派对的主人火龙果先生说。

血腥玛丽小姐坐在捷豹 F-TYPE 的副驾上，心情伴随着一阵阵的加速，就像是坐过山车，高潮之后就是急速下落，触底之后又是下一个高潮。在这个间隙，她趁黑布林先生不注意，偷偷将先前安置在座位底下的一元硬币大小的微型窃听器取了出来。

他们现在正直奔神秘果先生的集团总部，之所以会有这一幕的发生，和之前两人共舞时的对话有着密不可分的关系。

血腥玛丽小姐告诉黑布林先生，她从火龙果先生那“偷”来了神秘果先生办公室的门禁卡。

“火龙果先生要是知道你为了帮我，居然从他那偷来了门禁卡，肯定气死了。”黑布林先生的嘴唇很薄，像用冰锥凿过。

“哈哈，管他做什么，反正只要有了这张门禁卡，你就能毁掉那台存储着你杀人视频的电脑。”血腥玛丽小姐的眸子就像滑溜溜的银币，“没有了杀人视频，神秘果先生如何钳制得住你？”

“其实他不需要通过这种方法钳制住我。”黑布林先生的声音犹如低沉的大提琴，“他毕竟对我有恩，看在这一点上我都会一直辅佐他。”

“可惜他以小人之心度君子之腹了。”血腥玛丽小姐说，“你做好准备没？一旦你选择销毁那台电脑，那么就相当于和神秘果先生撕破脸皮了。”

“不进则退，不死不休。”他就像巍峨静穆的雕塑，“我不后悔。”

经过一路飞驰，此刻捷豹 F-TYPE 已抵达了集团停车场。

黑布林先生将挡位推至 P 挡后，手指如同风中的野花擦碰了一下血腥玛丽小姐放在大腿上的手。她情不自禁地抖了一下，最终没有选择抽回。

随后黑布林先生牢牢地握住了她的手，五指交叉。“我该怎么感谢你?”他的声线有一种类似温水般的触感，随着他的一呼一吸，一起一伏。

血腥玛丽小姐的目光垂到地面：“单独为我做份料理吧。”

“就这么简单?”

“就这么简单。”

黑布林先生的手心持续不断地传递着温度，从指尖蔓延到全身。这让她忘记了时间，沉浸在美妙的此刻。

她深知当下一切的温情脉脉，不过是建立在互相利用之上的镜花水月。这让她原本紧张如迷途的心绪，很快平静如故。

黑布林先生小飞蛾一般的细声细语像辽阔的海在她耳中翻滚，“如果有一天，我君临天下，一定会像今日一样，握紧你的手。”

她以前一直在思索，什么才算最好的爱情。也许这就是最好的爱情，在层层算计之中仍含有一丝真爱。这一丝真爱在未被岁月风干之际，留下了最美好的结晶。虽有遗憾，但不悔恨；虽有伤害，但不致命。说不定多年以后，还能擦肩而过、相视一笑。

她期待着黑布林先生君临天下的那天，只可惜那一日，她必定不会立于他的身旁。

有些枷锁，是自己套的；有些无奈，是命运使然。

16. 重返上层的火龙果先生

莫吉托小姐承认自己喜欢火龙果先生有一段时日了，可她不敢向他表达爱意，因为她近乎对他一无所知。

她只知道他是一家文化公司的一把手，但具体这家文化公司是做什么的，她不了解；她只知道他很年轻，约莫才二十六七岁，就有房有车有存款，而且他还不是富二代。那么，他的财富从何而来？来自一个名不见经传的文化公司？显然不现实。

简而言之，在莫吉托小姐眼里，火龙果先生是神秘的，同样也是充满魅力的。

他们的邂逅也不寻常。

莫吉托小姐在一所重点大学当辅导员，教师节那天她在办公室整理学员名册的时候，有人敲响了办公室的大门，那人就是火龙果先生。

火龙果先生的来意十分明确，他带着一张价值一万元的国际广场商城的购物卡，说是教师节的礼物，希望莫吉托小姐笑纳。

“你是哪个学生的家长？”莫吉托小姐疑惑地问。

火龙果先生报了一个女生名字，说这女生是他“表妹”，希望莫吉托小姐能多关照关照。

莫吉托小姐回想了下，火龙果先生口里的那个“表妹”就是班上一位总是在寝室不落脚的漂亮女生，同学私下都有非议，说她被某富商包养了，还为该富商堕过胎。

“那真的是你表妹吗？”莫吉托小姐狐疑地看了火龙果先生一眼。

“是的。”火龙果先生点点头。

“她经常不在寝室落脚，还总是旷课。这样下去，她有没有资格考试都成问题。毕竟缺勤太多，根据学校规定是会剥夺考试资格的。”

“嗯，所以我恳请辅导员您多关照关照她。我和任课老师都不熟，也没有时间一一接洽，只能靠辅导员您多疏通了。如果需要打点，尽管说，我一定配合。”火龙果先生的语声沉稳淡定，带着一种不容置疑的力量。

“不需要什么打点，我们作为老师，自然是希望学生能够好。”莫吉托小姐将一万元的购物卡塞回对方手中，“其实你作为她的表哥，更应该配合我们老师对她进行管教才对！”

火龙果先生见她没有收卡，眉头微微一皱：“好吧……那么，今晚有空吗？我想请你共进晚餐。”

“不用了。”莫吉托小姐礼节性地笑道。

火龙果先生什么也没说，带着绅士的笑容退了出去。

火龙果先生从办公室退出去后，莫吉托小姐继续埋头工作。抬起头时，天已经变了。雨淅淅沥沥地下着，整个城市都湿透了，而她却没有伞。

“需要伞吗？”门口突然响起一个熟悉的声音。

莫吉托小姐循着声音望去，发现了手拿着大号雨伞的火龙果先生。

“你怎么还在这里？”

“外面雨很大，我开车送你一程吧。”火龙果先生答非所问。

办公室很安静，就像那种突然中断了噪音之后所承接的寂静，似乎刚刚发生的谈话也是在无声中进行的。

火龙果先生很有耐心，只是静静地凝望着莫吉托小姐，目光不咸不淡。

“好吧。”在他静静的注视下，莫吉托小姐妥协了。

火龙果先生的座驾是一辆黄色的雪佛兰科迈罗。

这是莫吉托小姐头一次坐跑车，她感到有些拘谨。

“你知道我为什么买这辆车吗？”一丝不易察觉的笑容从火龙果先生的脸上瞬间而过，“因为我喜欢大黄蜂。”

“大黄蜂？《变形金刚》里的？”莫吉托小姐问，“这就是电影里大黄蜂变形后的车吗？”

“没错。”火龙果先生轰着油门，强劲的推背感让莫吉托小姐吓了一跳。

在火龙果先生娴熟的操控下，大黄蜂飞速前行，眼前那街灯隐约描绘出的水彩画般的市容扑面而来，让莫吉托小姐顿感时空错位，天旋地转。

“我其实不是什么谁的表哥。”开着车的火龙果先生有种别样的魅力，仿佛一切在他掌控中似的。

莫吉托小姐露出一副“我就知道”的神情。

“那女生我也不认识。”窗外的光线透过车窗打在他身上，使他每一根头发灼灼闪亮，“她是我一个哥们的前女友，我是受我那哥们之托才做这些的，毕竟那女孩为他付出很多。”

随后火龙果先生开始讲述他哥们的故事。

他哥们名叫神秘果先生，是一单身富豪。才三十多岁的他，就已经实现了彻底的财富自由，一个月最少开销二十万。

“这么有钱的男人，到了这个年纪，居然没有结婚？”莫吉托小姐讶然道。

火龙果先生语塞了片刻，“结过婚，后来离了。”

“哦。”莫吉托小姐一直都没注意窗外的景色，现在她忽然发现，大黄蜂已经抵达了万达公馆附近。

“这里有家披萨店很不错，一起去尝尝吧。”火龙果先生突然来了一个漂亮的甩尾，停在了路边。

披萨店的老板娘见到火龙果先生，笑着说：“难得看到你带朋友来。”

“是啊。”火龙果先生将沾满雨滴的伞置于门旁的桶里，“你推荐一款鸡尾酒给她吧。”

老板娘有着如远方峭壁般柔和又坚毅的眼睛，她上下打量了一下莫吉托小姐，灵光一闪：“我觉得莫吉托比较合适她！”

“莫吉托是啥？”莫吉托小姐问。

“莫吉托是最有名的朗姆调酒之一，起源于古巴。”火龙果先生笑着说，“相信我，你一定会喜欢的。”

“那就来两杯。”火龙果先生对老板娘说，还顺带点了一盘玛格丽特披萨。随后两人上楼，选了一个靠窗的位置。

窗外，刚下过雨的马路湿漉漉的，泛着昏黄的光。

两杯莫吉托被侍应生端上来后，莫吉托小姐品尝了下，立刻被那薄荷的清香俘获了。

“真是太好喝了！”莫吉托小姐的眼睛瞬间亮了起来。

火龙果先生眼带笑意地说：“来，Cheers！”

一边饮着莫吉托一边吃着披萨，火龙果先生开始侃侃而谈，说自己是开文化公司的，但当莫吉托小姐问他具体做什么时，他却语焉不详。不过这并不影响莫吉托小姐对他的评价，在学校里很少能遇到火龙果先生这样的男子，而且他还挺幽默风趣。

“以后就叫我大黄吧。”酒足饭饱后，火龙果先生说。

“因为你开大黄蜂吗？”莫吉托小姐机敏道。

火龙果先生不置可否，只是眼带笑意地望着她。

不知是酒精的缘故还是命运早已给他们注下脚注，他们明明才认识不到一天，却感觉分外熟稔，像是分别多年的友人，没有半点生疏。

后来他们又约会了几次，都是去的酒吧。

他们通常会点两杯莫吉托，坐在临窗的位置上，一聊就是几个小时。

约会的次数与日俱增，莫吉托小姐对火龙果先生的好感也层层递增，每次约会完，当火龙果先生将她送到家门口后离去时，她都有种依依不舍的感觉。

可是女性的矜持阻止了她更进一步的表达。

她唯一能做的，就是偷偷关照神秘果先生的前女友，因为这算是火龙果先生和她相识至今唯一提出的恳求。

不知不觉假期到了，学校放假了，莫吉托小姐有了大把闲暇的时光，可惜这个时候火龙果先生却像人间蒸发般消失不见了。

于是很长时间莫吉托小姐都处于一种精神恍惚的状态，仿佛被夺去了魂魄。直到有一天，她的门铃被按响了。

那时的她还不知道，她打开的这扇门不再仅仅是一扇门，而是意味着打开了“另一个世界”。

开门的一刹那，莫吉托小姐感到惊喜异常，如同清晨的露珠被第一缕最纯净的阳光照耀着，露出最美的姿态。

门外居然站着火龙果先生。

他的脸憔悴而疲倦，如同一团揉皱了的黄纸，充满了烂泥的味道。

“能在你家借宿一晚吗？”他努力撑起一丝笑。

这时莫吉托小姐才发现火龙果先生受伤了，他的眼角眉骨处打着纱布，根据渗血的程度可以大致判断出伤口在处理前还挺严重的。

“你怎么了？”莫吉托小姐将他扶进来，发现他的皮肤像刚从冷冻室出来一样冰凉。

“没事，出了点事罢了。”火龙果先生摆摆手，“你什么也不用担心，只要让我在你家待一晚就行。”

“可以，但你必须告诉我究竟发生了什么……”莫吉托小姐看到火龙果先生变成这样，感到五脏六腑就好像吞了冰块一样难受。

“好。”火龙果先生的声线和天空一样是深黑色的，坚硬且沉寂。

火龙果先生根本不是神秘果先生的哥们，而是他的首席大秘。同样，神秘果先生也不是一般的城中富豪，他潜伏在复杂隐秘的利益关系网中，这张网辐射面极广，广到常人无法想象。

可惜这张网很脆薄，是经不起法律的炙烤的。

那些令人眼花缭乱的神秘并购，在他那里如同孩童的游戏；

那些常人难以触碰的新股，在他那里如同探囊取物；那些在众人眼中神圣的法律和规则，在他那里成为可把玩的泥团。

可他虽然长袖善舞，却必须身形隐匿，如同暗夜之中的吸血鬼，是见不得光的。以至于在很多领域，他都需要火龙果先生去代替他抛头露面。

火龙果先生的语声冰凉如水："我之前的文化公司其实是他交给我打理的，隶属于集团。"

听完这些，莫吉托小姐的脸颊褪尽血色，可她并没有被吓到："那你是怎么认识他的呢？"

回忆让火龙果先生眼眉微敛："那是在五年前……"

五年前，神秘果先生远没有现在权柄滔天。那时他的生意才刚刚起步，经营一家小公司。明面上该公司是做出国培训的生意，实际上做的是把孕妇送到美国产子的勾当。

在那几年，很多人都想给自己的孩子一个"美利坚公民"的身份，所以公司倒是不缺客户，生意挺红火。

火龙果先生就是那个时候被招聘进去的。他一直记得应聘成功后，神秘果先生对他说的一番话。

他说这世上的一切早已掌握在无数只手中。你看得见、想得到的东西，都已经有了主人。想要，就只有从别人手里抢。唯有踏着染满了鲜血的阶梯，梦想才能实现。

火龙果先生并不赞同神秘果先生的理念，可那时他刚刚大学毕业，能有份工作就不错了，不可能出于价值观不同的缘故而放弃一份月薪三千的工作。

签了劳动合同后，火龙果先生开始在神秘果先生手下兢兢业业地当起了秘书。

也不知道为何，公司的很多客户都是二奶；而包养得起二奶的，又都是些达官显贵。很会钻营的神秘果先生，通过二奶们接触到了上流社会的外围。

“我想进入那个圈子。”在一次应酬后，神秘果先生在车后座醉醺醺地说。

作为兼职司机的火龙果先生，正小心谨慎地在雨夜中驾驶着：“什么圈子？”

神秘果先生指着天空：“当然是上层啊！”

“上层谁不想进？我也想啊，但那好难。”火龙果先生叹了口气，“现在阶层都是固化的，除非通过联姻，否则根本进不去。”

“我知道。”神秘果先生的声音很冷，不是那种阴阴的冷，而是虚弱的冷。

当时公司里给孕妇教授基本口语的老师，是江城大学外国语言文学学院毕业的高材生柳橙苏打小姐。

柳橙苏打小姐长相甜美、性格开朗，极具亲和力，仿佛随时随地带着股沁人心脾的幽香。

神秘果先生很喜欢她。

近水楼台先得月，更何况神秘果先生又是直属上司，柳橙苏打小姐很快就倒在了他的求爱攻势下。

如果神秘果先生安于现状，选择老老实实地和柳橙苏打小姐共度余生，兴许就不会有后面那些糟心事了。

可是他不甘心啊，他有一颗要进入上流社会的蠢动之心！

柳橙苏打小姐是一个学霸，她所处的学霸圈也有不少是名门之后。其中有一个在圈内很出名，叫做长岛冰茶小姐。她的父亲是部级高官，可她非但没有凭借祖辈的恩泽走捷径，反而比寒门学子更加刻苦努力。

说者无心听者有意，当柳橙苏打小姐提到长岛冰茶小姐是部级高官的千金时，神秘果先生就像闻到血腥味的狼，露出了狰狞的獠牙。

神秘果先生开始四处打探长岛冰茶小姐的消息，然后步步为营、精心策划，最终将她追求到手，并缔结了婚约。

实施这一切时，神秘果先生都将柳橙苏打小姐蒙在鼓里，直到最后结婚的一刻，柳橙苏打小姐才发觉真相，于是精神崩溃，跳江自杀了。

神秘果先生听闻她自杀，说了一句“真傻”后，继续借助女方家族的势力“野蛮生长”，成功实现梦想跻身上流社会。

听完这些，夜很深了。外面漆黑一片，无论天空、房屋、树木都被衬在黑暗的布景下，让人感觉仿佛身处幽暗的海底。

“不早了，先睡吧。”火龙果先生的目光散发出遥远的意味，“明天我再和你细说我为何落到如此田地。”

“好的。”莫吉托小姐握住了火龙果先生的手，“快睡吧，一切都会好起来的。”

“谢谢你信任我。”仅剩两人的空间里，有一股微热的温度悄然升起。

两人和衣而卧，躺在了一张床上。像是被真空阻隔般，万籁俱寂。可随着时间流逝，他们之间的这股静谧却像有声般骚动，逐渐暗潮汹涌。

莫吉托小姐很紧张，胸脯犹如一条一条的百叶窗在激烈地上下起伏。

她侧过身子，近距离地和火龙果先生对视了片刻后，忽然吻了一下他的唇，感觉像是在咀嚼一枚新鲜水果。

火龙果先生也回应了她，两个人的嘴唇纠缠在一起不断地摩擦、吮吸，湿软的舌尖在两人唇舌之间滑动。

在做这些时，莫吉托小姐有些犹豫自己是不是表现得过于主动了，可她顾不了那么多了，霞雾般的理智渐渐消散，只剩下纯粹的感性。

两人搂在一起纠缠，火龙果先生的手撩起莫吉托小姐 T 恤的底襟，轻轻地摩挲着她光滑平坦的小腹，一边感受着她身体阵阵微微的颤动，一边继续深吻着……

那夜，莫吉托小姐做了一个很漫长很漫长的梦。她的梦十分奇特，像是某种回放机制，某些特别怀念的重要片段，总是在梦里反复出现，不仅仅是动态的画面，还有声音、光影、颜色与气味。

梦里全是和火龙果先生在一起的时光。

梦醒时，她看到火龙果先生正在厨房里忙碌。

“起来了？快过来吃饭吧，等下你要上班了。”火龙果先生正在煎蛋，烤面包机也在运作，似乎是准备做三明治。

“我已经放假了。”莫吉托小姐镇定地坐到餐桌前，丝毫不提昨晚的事，彼此之间有着心照不宣的默契,“想不到你还会做饭。”

“也就只会做三明治而已。”火龙果先生苦笑，“我差点忘了，你是在学校上班，有寒暑假。”

“昨天的故事还没说完呢……”莫吉托小姐提醒道。

火龙果先生叹了口气，脸色仿佛一件布满锈迹的前朝旧物：“神秘果先生的全线崩盘，始于他的离婚。和权势联姻，结了就不要离，离了一开始还不如不结。”

“他全线崩盘，你受到波及没？”

“受到了。”火龙果先生将煎好的蛋放进烤好的面包里，并塞入了蔬菜，“由于我手头上的公司是他旗下的，他失踪后，讨债公司只好拿我出气，我把车、房全部易主后才得以脱身。”

莫吉托小姐的双唇像哑巴一样张开，吐出一阵受惊的空气：“那你现在岂不是什么都没了？”

火龙果先生点点头，继续冷静地制作着手中的三明治。

沉默降临了，莫吉托小姐首次感到沉默似乎有了重量，把她往地面挤压。

她起身走到火龙果先生身后，给了他一个用力的拥抱：“没关系的，虽然在你强盛的时候，我没能和你一同经历辉煌，但在你无能为力的时候，我愿和你共同进退。”

火龙果先生浑身一颤，心脏已然温热，仿佛有某种东西在烈烈燃烧。

“既然你在假期内，不如陪我去一趟澳门威尼斯人吧。”火龙果先生突然说。

“去威尼斯人干什么?”

“你知道这世上把钱存在哪里最安全吗?”火龙果先生的口吻混合着玩笑与认真，“赌场。”

莫吉托小姐的思维稍微转了转，不禁莞尔一笑：“原来你留了一手!”

“我提前感觉不对劲，所以事先做好了准备。”火龙果先生的眼中盈满了温度，“谢谢你接纳我，我也不知道为什么，在我无家可归的时候第一个想到的人，是你……”

莫吉托小姐什么也没说，只是将他抱得更紧了，湿润的呼吸不断地抚摸着他的肌肤。他们在越来越明亮的晨光熹微中，如同忘记时间般紧紧地拥抱在一起，心和心之间的距离无比的接近。

这一刻起，无论未来发生什么窘迫、苦难、悲伤，只会让火龙果先生变得更加强大。没有什么可以摧毁他的意念，因为他不再是孤军奋战。

火龙果先生知道，重返上层的路是艰难的，随着神秘果先生的势力逐步瓦解，各方势力都将重新洗牌。想要在乱局之中重新抓住机遇再次崛起，是会遇到许多挫折与苦难的。可火龙果先生是那种哪怕扎根于淤泥浊水之中，遍体鳞伤也要奋力前行的人。

该启程了，风向正好。

17. 身不由己的伏特加小姐

伏特加小姐在抽烟，她抽的是 Black Devil，日本 Bloemen 公司出品的女士烟，翻译过来为“黑魔鬼”。

“黑魔鬼”味道很香，有点酷似香薰油。

她坐在咖啡馆临湖的位置上，目光游离地徘徊在杯中，只见红灿灿的玫瑰茶悠然浮沉。

“不管怎么样，我们都是承蒙神秘果先生的恩情，才能混到如今的地步。”伏特加小姐吐出的烟圈交织在一起，有节奏地飞舞着，“所以他落难，我们必须帮他善后。”

“他不是跑路了吗?”端着一杯莫吉托鸡尾酒的火龙果先生，漫不经心地说。

“他是跑路了，可他的双亲还在江城。”伏特加小姐纤细的喉咙微微颤抖，脸上流露出担忧的神情，“黑布林先生寻不到他，肯定会去找他双亲的麻烦。”

火龙果先生思索着，就像一个陷入迷途的灵魂：“那可不妙。”

“他双亲现在住在哪，目前就你知道。不过纸包不住火，他们的位置迟早会被黑布林先生发现，我们必须抢在黑布林先生找到他们之前转移他们。”

“转移到哪？”

“山城。”伏特加小姐说，“我已经安排了人在那里接应。”

“那我们必须找个好理由，不能直接告诉他双亲说他们的儿子跑路了。他爸爸中风，妈妈有心脏病，受不起这刺激。”火龙果先生叹了口气，感觉胸口就像堵了一块大石头。

伏特加小姐与火龙果先生眼神对接，尾音渐渐隐去：“嗯，明白，我们必须将他们骗到山城去。”

“他有过很多女人，但现在只剩下你不离不弃。”火龙果先生苦笑。

“他有过很多兄弟，但现在只剩下你还在帮他。”伏特加小姐的眼睛似杏仁一样圆而明亮，视线似乎穿透了火龙果先生的皮囊，直达他的灵魂深处。这一刻，火龙果先生感到时间都仿佛慢了下来。

“事不宜迟，我们启程吧。”火龙果先生猛然起身，犹如黑夜里喷薄而出的熔岩。

今天的天气格外好，天空仿佛是用蓝色颜料厚厚地涂抹出来的一般，几朵白云紧贴在上面。

火龙果先生开着一辆福特野马，副驾驶上坐着伏特加小姐，她一边优雅地吸烟一边仰头看阳光和鸟群。

“你的大黄蜂不是被讨债公司收走了吗？怎么还在？”伏特加小姐问。

“这不是雪佛兰大黄蜂，是福特野马。”

“哦，不好意思，我对车不是很懂。”伏特加小姐耸耸肩，“这是你从澳门把备用金取回来后买的？”

“不是，这辆车是我找蓝莓先生借的。”火龙果先生说，“你和我一样追随神秘果先生很久了，应该知道蓝莓先生吧。”

“知道，富二代嘛，家里是开影院的。没想到你们私交甚好。”伴随回忆，伏特加小姐那平静如井的心湖上掀起了阵阵涟漪，“想起来时间过得可真快，蓝莓先生还是在神秘果先生鼎盛时认识的。”

火龙果先生默不做声。

“我们都属于元老了，从神秘果先生发迹到落败，全程我们都见证了。”伏特加小姐的手摩挲着下颌，眼里闪着若有所思的光，“可以说我们的青春都交给他了。”

“只有过去是永恒的，因为已经过去了。”火龙果先生驾驶着福特野马沿着江城大道一路奔驰，“前面就是神秘果先生前些年偷偷置办的独栋别墅，二老现在都住在那里。”

由于神秘果先生事业繁忙，无暇顾及他的双亲。平日里都是火龙果先生代为照看，相当于火龙果先生是他们的半个儿子。

火龙果先生带着伏特加小姐来到别墅，正好与别墅院子里晒太阳的神秘果妈妈撞个正着。

“阿姨好。”火龙果先生拎着水果走进院落，旁边跟着一脸亲和笑容的伏特加小姐。

“咦，小黄你怎么来了?”由于火龙果先生之前一直开着大黄蜂跑车，熟识的人都这样叫他，只不过比他年长的都叫他小黄，比他年少的都叫他大黄。

“想阿姨了，就过来看看。”火龙果先生和煦地笑道。

“哈哈，除了想阿姨，主要还是想带女朋友给我把把关吧!”神秘果妈妈上下打量了一下伏特加小姐，“好漂亮的女孩子，和我们帅气的小黄真搭!”

伏特加小姐的神经里涌出某种空虚的疼痛感，她设想过无数次和未来婆婆见面的场景，没想到居然是在这种情形下，而且还被误会成火龙果先生的女朋友。

“谢阿姨夸奖。”伏特加小姐无奈地笑了笑。

火龙果先生欲言又止地瞟了她一眼，最终什么也没说。

“快进屋看看你叔叔吧，自从搬到这里就好久没来客人了，你叔叔可寂寞死了。”神秘果妈妈热情地招呼道。

别墅的大厅极尽奢华，繁复的灯饰发出温馨的光芒，脚下全是柔软的地毯，上面绣有瑰丽的图案。

神秘果爸爸瘫在轮椅上，目光深沉地望着电视，似乎正在全神贯注地欣赏电视节目。

可电视却是关着的。

伏特加小姐虽然早就知道自己未来的公公中风了，但实实在在见到，又是另外一番感受了。

她的心头像是飘下了一片雪花，微微地凉。

无数次，她想象过和神秘果先生双亲碰面的场景，想象着神秘果先生牵着她的手，大大方方地告诉他的双亲，她是他的女人。

她等了那么多年，从他结婚等到离婚，从他发迹等到落难，从他全部拥有等到一无所有，她依然只是他结婚时的情妇、单身时的炮友，不是他的女朋友，更不是他的未婚妻。

她的青春年华全部贡献给了他，结果却是一地鸡毛。

“叔叔，我来了。”火龙果先生走到轮椅前，深深地鞠了鞠躬。

神秘果爸爸仿佛什么也没听到，眼瞳里是一片黑丝绒般厚重的黑暗。

“让你叔叔好好休息，我们去阳台喝下午茶。”神秘果妈妈在阳台处招手道，“我刚泡好一壶伯爵红茶，你们正好来尝尝。”

今日风和日丽，用来欣赏美景再正确不过了。微风和煦，阳光暖暖。一轮橙色的夕阳硕大宁静地浮在天空，照射着在阳台喝茶的三人，使他们看上去仿佛身处一幅色彩浓郁的油画之中。

在喝茶的间隙，神秘果妈妈委婉地表达了对儿子的担忧，她说最近联系不上自己的儿子，也不知道他去哪了。

火龙果先生听到这些，心里一“咯噔”。

“他出国了。”火龙果先生把所有情绪都深深地藏起来，仿佛有个坚硬的外壳，阻挡了外界的探查，“东京有个项目需要他亲自考察一下。”

“这孩子真是的，出国了也不说一声。”神秘果妈妈叹息道，“不过这也不能怪他，手底下那么大个集团，确实也忙不过来。”

伏特加小姐忽然起身：“阿姨，请问洗手间在哪？”

“我知道，我带你去吧。”火龙果先生接话道。

两人走过长长的走廊，来到洗手间外。

“去吧，我在门口等你。”火龙果先生说。

伏特加小姐突然神色一变，眼眸就像两泓广袤的潭水，冷冽平滑：“多谢你带我来这里。”

“你是指洗手间吗？”

“这别墅差不多值个千把万。”伏特加小姐四处打量，“黑布林先生肯定会满意。”

火龙果先生忽然意识到了什么，心一沉：“你这是什么意思？”

“我和黑布林先生做了交易。”这句话如一把带毒的尖刀，插入火龙果先生脆薄的心脏里。绝望的毒液开始蔓延，在他的血脉里流淌，生生不息，“我只要提供神秘果先生双亲的位置，他就让我接管他一部分地下钱庄的生意。”

“你怎么能这样子？亏我如此信任你！”火龙果先生怒火中烧，跨步向前抓住她的衣领。

“人是谎言的动物，即使把心掏给你看，都不一定是真心，何况只是浅薄的言语了解呢。”她快速从香奈儿的包里掏出一把左轮手枪，抵住了火龙果先生的腹部。

“你手头又不是没有钱，你根本没必要涉及地下钱庄的生意！”火龙果先生松开了手，面无表情地往后退了几步。

伏特加小姐的笑容徐徐绽放，有着令人沉沦和恍惚的味道：“你懂什么，我是为了腹中的孩子。”

“什么？”

“你我心知肚明，神秘果先生这次必死无疑。”伏特加小姐露出了憔悴而阑珊的笑容，像是被遗忘在了时光之外，伤口洒下碎雾般的尘埃，“我能做的，只能是为他留个子嗣。”

火龙果先生的情绪跌入了忧郁的谷底。

“况且他双亲的位置迟早会暴露，与其被其他人捅出去邀功，还不如由我来做这件事，那样我还能把它当做‘投名状’，从此位居高位，以后也可以庇护我的孩子。”

“可你却没有一丝一毫地为他爸妈考虑过。”火龙果先生攥紧了拳头。

“没错，我只为自己和我的孩子考虑。这就是这么多年以来，神秘果先生言传身教的东西。”伏特加小姐冷笑，“我当年追随神秘果先生时确实是爱他的，结果呢？他为了利益，娶了高官的女儿，让我变成了情妇。你说他都如此自私自利了，我能不效仿他吗？”

“他知道你腹中怀有他的孩子吗？”

“知道又如何，不知道又如何，反正他也活不久了。”伏特加小姐以倾诉衷肠的口吻说，“火龙果先生，一切都结束了，你什么也做不了了。”

火龙果先生发现自己有点不敢直视伏特加小姐的目光，因为她的瞳仁带着一丝硫黄与硝烟的味道，那是一种酷似地狱的味道。

“听说你去澳门并不是一个人去的，而是和一个女生去的。”她的微笑，邪恶又美丽，“她应该是你女友吧？你就算不为自己考虑，也要为人家女孩子考虑一下嘛。”

“你……”火龙果先生的声音有些艰涩，此刻他明白了，他早已没有了选择的余地。

“偷偷从后门溜出去吧，不要让叔叔阿姨发现了。”伏特加小姐似乎从火龙果先生的表情中得出了答案，她看了看腕表，然后给自己点燃了一支“黑魔鬼”，“黑布林先生已经在来的路上了，我劝你现在就坐进你的福特野马，能开多快就开多快，能走多远就走多远。”

火龙果先生的心被绝望和虚无所侵蚀。

让他难过的并不是事实本身，而是要坦诚自己的无能为力。

这段时日过去后，有时午夜梦回，火龙果先生会想起过去发生的很多事。

想起神秘果先生鼎盛时，他的日子是多么的滋润，那简直是一段身处伊甸园的时光，仿佛身下总有柔软的青草与沁人心脾的微风。现在他睁开眼，只能目睹岩浆的肆虐，鼻息间满是硫黄的刺鼻味道。

他开始后悔曾经的某些认知。那时他身处天堂，完全不懂地狱的疾苦，甚至鄙弃那些因光之怒而四处逃窜的魔鬼。其实他们沦落于此，也都有各自的隐忍无奈。

如今他手持黑铁权杖，一步步地走在白骨之路上，诀别了甘霖与绿野，才明白很多之前弄不懂的事。

他似乎理解了伏特加小姐的无奈与悲伤，她也许真心爱过神秘果先生，但是她没有选择。她现在也有了孩子，有了她终生要守护的人，她不能随着大厦崩塌，让自己的孩子也陪葬。

她已经没有了回头路，只能一个人慢慢地走到尽头。可她不会后悔，哪怕到头来，所见所行一切皆是虚空，皆是捕风。

所见所行

一切

皆是虚空
皆是捕风

18. 全线崩盘的神秘果先生

关于城中富豪神秘果先生的都市传说有很多，但无论是哪种版本，都会找到一些共通点。比如，无论讲述者是谁，都会承认他既才华横溢，又无视道德。说他有着超人的精力，以至于似乎永远处于亢奋状态，这也是为什么他性爱成瘾的根源。说他有着熊孩子一样自大、霸道、自私的一面，又有着粗俗、野蛮、信口雌黄流氓的一面。可就算他背信弃义，说过的话转身就忘，用过的人随手就扔，可依然有人爱他、追随他，愿意为他付出一切。

他发迹前的事迹鲜有人知，发迹后的事迹虽精彩，但往往离不开吃喝玩乐一掷千金，听多了也索然无味。

真正被人津津乐道的故事，是在他迎来全线崩盘后。

四面楚歌、走投无路的神秘果先生，决定溜回祖辈所在的乡村躲躲。在那穷乡僻壤远离繁华之地，他开始重新习惯没有莺歌燕舞的日子，手指在凄冷的夜里变得冰凉。

深夜里他会骤然惊醒，然后睁开眼凝望浓稠的黑暗，蜷缩着身体，像一个脆弱的胎儿。

他的藏匿点十分糟糕，陋室里随处堆放着泛黄的旧报纸、破损的设备以及脏兮兮的垃圾。在看不见的阴暗处，有水不断滴落，滴滴答答。它们造成地面格外潮湿，凹陷的地方积攒着一摊摊黑水。

到底是什么际遇让堂堂城中显贵沦落至此？这一切始于他举办的街头狂飙比赛。

神秘果先生举办街头狂飙比赛实属无奈之举。自从他和部级高官的女儿长岛冰茶小姐离婚后，他就逐渐失去了大部分官、富二代朋友，这对于他的商业帝国无异于致命打击。

盛名之下，其实难副；光环之下，阴影随行。

为了亡羊补牢，他想到了举办街头狂飙比赛的方式。毕竟街头飙车一向是官、富二代喜欢参与的项目，如果能搭建一个飙车平台，让这些官、富二代参与进来，那么他就能成立超跑俱乐部，自己担任会长，将关系网牢牢地掌握在手中。

可没想到，正是他举办的第三场街头狂飙比赛，成了他全线崩盘的导火索。

比赛举办的前夕，神秘果先生正在城郊的国际五星级酒店里，和前晚夜店才认识的双胞胎嫩模颠鸾倒凤。

完事后的他，赤身裸体英姿潇洒地站在总统套房的露台处，目睹晚风送走不时遮挡天空的云朵，带来一波又一波相同但是依旧绚丽的璀璨星光。

他心想，如果此时来一杯 1990 年的罗曼尼 · 康帝葡萄酒就再完美不过了。

可惜事与愿违，这个时候只来了一个大煞风景的电话。

电话是火龙果先生打来的，他语速极快，心慌一览无余，失去了一个大秘应有的沉着冷静。

他告诉神秘果先生，他办公室那台存储着黑布林先生杀人视频的电脑被摧毁了。

“谁摧毁的？”

“根据监控录像，是黑布林先生和……血腥玛丽小姐。”

“我办公室的门禁卡不是在你这吗？他们怎么得到的。”神秘果先生的话冷得每个字儿上都能掉下冰刀来。

火龙果先生言语之中流露出微酸的挫败感：“是血腥玛丽小姐从我这偷走的……”

他和血腥玛丽小姐暧昧不清的关系已是人尽皆知的秘密，神秘果先生把这些线索稍加提炼，就知道大致的情节发展了。

火龙果先生所爱慕的血腥玛丽小姐恰好喜欢黑布林先生。黑布林先生就利用这一点，让血腥玛丽小姐从火龙果先生那偷来了门禁卡，用于帮助自己销毁视频。

逻辑清晰的神秘果先生，得出此结论毫不费力。

“好，我知道了。”他迅速挂断电话，转身走向洗手池。他把水龙头开到最大，哗哗的水猛烈地冲击着池底。

他狠狠地洗了把脸，仿佛要洗掉这件事带来的不快。他不经意地抬头，看到镜中自己面容已然不再年轻。细碎的胡茬，岁月堆积的皱纹，都纷纷提醒着他，他已然不再年少。

可既然好不容易跻身上流社会，就只能选择继续战斗下去，哪怕剑锋已钝，依然也得出鞘杀敌。

“怎么了？”床上那一对双胞胎姐妹异口同声地问道。

“没什么。”黑布林先生的叛变虽然像煤焦油般缠绕着他，让他无法剥离，可实际上并没有对他造成什么实质影响。

黑布林先生的杀人视频其实还有一个备份，这个备份就在他的手机里。

这个秘密，只有他知道。

神秘果先生是个聪明人，他把“杀人视频”严格保护在自己固若金汤的办公室里，并在无意中泄露该视频没有备份仅此一份的谣言，就是为了试探黑布林先生会不会真的起异心前去摧毁。

一旦黑布林先生真的这么做了，那么他就会将手机中的备份视频发给一个网络推手，让他把视频上传至微博，并利用网络水军炒作成头条新闻。这样一来，黑布林先生就算有通天的本事，也逃不出法律的制裁。

法网恢恢，疏而不漏；杀人偿命，天经地义。黑布林先生的这条命，在他销毁视频的那一刻，就正式进入了倒计时。

“视频我已经收到了，请问什么时候开始上传比较合适呢？”网络推手在电话里问道。

神秘果先生考虑了几秒，说道：“这样吧，你隔一周联系我一次，如果联系不上就开始上传视频，并安排水军跟进。”

“好的，老板。”网络推手恭敬地说，“一定按您的吩咐办得妥妥帖帖。”

打完这通电话，神秘果先生仍不放心，依然焦灼不安地在套房内走来走去，像一个梦游者那样打着各种奇形怪状的手势，似乎在运筹帷幄着什么。最终，他又拨通了一个电话，这个电话是打给黑布林先生旗下的地下钱庄。

地下钱庄是黑布林先生的产业，可里面的几个中层领导却是神秘果先生的亲信。他打这个电话的目的就是让他们放款，说是要以他个人名义借一千万，并且要求迅速到账。

“老大，这有点难办啊！”

“难办个屁！快给我办，先别通知黑布林先生，如果他发现了找你麻烦的话，你就全推到我身上。”神秘果先生不耐烦地说。

“好好好，我这就去安排。”

夜色浓郁，连空气都黑压压的，似乎要吞没整个世界。

再次来到露台，视野所及之处已然变得一片漆黑，就连街上的路灯也一点一点地消失了，短短的时间内，整个郊外陷入了无边无际的黑暗之中。

黑暗的战斗打响了，以不可阻挡的趋势蔓延，犹如燎原大火，所到之处，一片焦土；所燃之人，无一幸存。

城市的另一头，第三场街头狂飙比赛已经开始了。这次比赛的路线是火龙果先生确定的，路线是横穿整座江城。

龙眼先生的三菱 LancerEVO 一马当先，在繁华的都市道路上急速奔驰，将身后的选手甩得远远的。

这将是龙眼先生在江城的最后一场街头狂飙，所以他穿着得格外隆重。他身着 Brioni Vanquish II Suit 西服，这套价值 30 万人民币的服饰，将他衬托得如同王子。而副驾驶上的威士忌小姐，则相应身着 Vera Wang 的婚纱，无名指上戴着卡地亚钻戒，高贵得仿佛流落人间的精灵公主。

车的后备箱里有一件 RIMOWA 旅行箱，里面装着两百万美金，足够他们逃亡至地球上任何一个国家。

这是一场疯狂的飙车、一场盛大的婚礼、一场绚烂的逃亡。

“你说火龙果先生为什么要让我冲撞交警？”身着名贵西服的龙眼先生，显得成熟、内敛，把青涩藏在了衣饰后面。

“管那么多干吗。”威士忌小姐望着手中熠熠生辉的钻戒，“得人钱财，与人消灾。两百万美金让我们干这件事，值！”

威士忌小姐的话似乎让火龙果先生更加心安了，脸上的迟疑没有了。

“而且我最讨厌条子了！”威士忌小姐抽出一根大麻烟，给自己点上，“太好了，前面就有一辆巡逻车，干死它！”

龙眼先生将油门踏得更深了，轰鸣变得更加有力，酷似魔鬼在嘶吼。他精妙的操控着油门与离合器，疯狂地打着方向盘，排气管在喧闹的街头激起一圈涟漪。

方向盘带动车身旋转，车尾在旋转到一半时狠狠地撞中了巡逻车。巨响过后，巡逻车翻转、飞旋、落地。车顶重重地压在地面上，金属撕裂声贯彻耳膜。

非法飙车在江城并不算重罪，但公然袭警就完全不一样了，这就和捅了马蜂窝一样严重。

一刻钟后，江城的核心CBD附近，三菱LancerEVO如鱼得水地在充满车辆的道路上穿梭自如，车尾上的红光频繁闪烁，时而漂移出一条线，时而又加速至一个点。轮胎与地面的摩擦声好似阵阵雷鸣。

“注意前方来了一拨条子!”威士忌小姐将烟蒂弹出车窗。

“交给我。”龙眼先生好久都没有这么兴奋过了，这是他发挥最佳的一次，只因整座城市都成了他的舞台，所有市民都将在头条新闻上见证他的辉煌。

面对后方穷追不舍、前方蜂拥而至的警车，龙眼先生铆足了劲拔高引擎转速，排气管剧烈抖动，完成了他此生最完美的一次连续微漂移。

车身就像游蛇般甩来甩去，但实际上一切都掌握在龙眼先生手中。三菱LancerEVO靠着无数个精妙的S形，在千钧一发之际以一秒的突然加速闪过去，巧妙地避开了从各个刁钻角度疾驰而来的警车。

须臾之后，CBD附近一片狼藉，警车与警车彼此相撞，伴随着撼人心魄的碎裂声，数十盏闪得扎眼光芒的警车报废于此，却没有一辆擦撞到三菱 LancerEVO。

成功“突围”的龙眼先生，油门越踩越重，速度越来越快，从发烫的地面上轰鸣而过，直到头顶密密麻麻的星辰在夜色里被拉成一条直线，近乎摇摇欲坠。

龙眼先生大放异彩之际，火龙果先生也没闲着。

他一下出租车，就看到几块巨型广告牌，上面闪烁着奇怪的像虾一样游动的文字。

血腥玛丽小姐站在巨型广告牌下，静静地抽着烟。她抽烟时的模样格外有魅力，就如同坐拥璀璨群星的无垠宇宙，深邃又神秘。

火龙果先生走到她面前时，巨型广告牌上的灯光好像比之前暗淡点了，像一只柔和的眼，缓缓地凝视着火龙果先生，而他则静静地凝视着血腥玛丽小姐。

“我刚接到龙眼先生的电话，他办到了。”火龙果先生说，“对了，我的车呢？你说借用一下，怎么到现在都不还给我？”

“车的事我等下会给你一个解释，我们先谈谈正事。”血腥玛丽小姐笑了，她笑起来真好看，眼睛就好像两条倒挂的月亮，“百利甜小姐是媒体从业者，她现在已经在赶赴现场的路上了，很快龙眼先生挑衅交警的事迹就会传遍各大门户网站。”

“我猜测下一步富二代蓝莓先生就该登场了，他会以圈内人的身份实名举报这个街头狂飙比赛的幕后主使就是神秘果先生。”火龙果先生接道。

“没错。”血腥玛丽小姐整个人彻底放松下来，陷入了一种失去伪装的状态里，“出了这么重大的事，雪莉小姐的大伯——也就是我们可爱可敬的警察局长大人——自然会下令逮捕神秘果先生。”

“可是警察只会扑个空，毕竟警察局也有他的内线。”火龙果先生声线清冷，“不过即便如此，他也已然大权旁落。我们已经赢了，可以到此为止了。”

血腥玛丽小姐轻微地摇摆着脑袋：“不，还没完。他要去避避风头，肯定还得带个随从，这个随从原本是你，可我换成了圣女果先生。他现在正开着你的车，去接神秘果先生呢。”

“你这不是要他们两个人的命吗？”火龙果先生皱了皱眉，“你不是说圣女果先生和他有血海深仇吗？而一旦圣女果先生失手杀了他，自己也难逃法律的制裁，最终也是死路一条。”

“不，圣女果先生不会死，他只会被关进疯人院。因为自从他妹妹去世，他的精神就不正常了，只是他自己不知道罢了。”血腥玛丽小姐将烟熄灭，“芒果先生就是负责这件事的。”

火龙果先生忽然感到异常寒冷，好似寒冬腊月赤身裸体蜷缩于大雪之中。

“听着，一旦神秘果先生不在其位，我的危机也就解除了。”火龙果先生从兜里掏出录音笔，“你没必要害他性命！”

“你以为光靠一支录音笔就能阻拦我?”血腥玛丽小姐抖动皓腕与足踝，她的腰线有着钢铁一般的强韧和光滑，匀称胴体上的肌肉如舞者一般，没有丝毫赘肉。

“我觉得能。”

“那你也太天真了……”

眨眼之间，血腥玛丽小姐的右勾拳以迅雷不及掩耳之势击中了火龙果先生的左眉骨。

顿时火龙果先生就失去了对身体的控制，轰然倒地。人行道上的地砖一拥而上，给了他一个潮湿的拥吻。

血腥玛丽小姐随后拿走了火龙果先生的录音笔和手机。

迷蒙之中的火龙果先生望着高高在上的血腥玛丽小姐，目光停留在她英挺的鼻梁以及玫瑰花瓣一样粉嫩的唇瓣上。难以想象，一个女子居然能徒手撂倒自己。

“告诉你个秘密，我毕业于公安大学侦查系，散打是我的最强项。”她站立在空荡的街头，像是一片小小的孤云。那满头的黑色发丝柔云般披落下来，清如秋月。

这是血腥玛丽小姐在他眼中的最后一幕，随后她的背影渐渐地缩成一个黑点，在视野尽头消失不见。而火龙果先生也渐渐地陷入难以自拔的昏迷沼泽之中，那里充满落叶、淤泥、迷雾，让他的神识越陷越深，身体逐渐什么感觉都没有了。

城郊的国道上，圣女果先生不断超车。后排的神秘果先生感到被他赶超的车都快连成一条线了，尾灯像脉搏一样在眼前跳动。

驱车远离了江城，周围开始变得漆黑一片，这黑暗使神秘果先生的眼睛十分受用，也让他的心情变得安详起来。

这时他似乎意识到了什么，警惕地瞧着驾驶位上的圣女果先生，并从怀中掏出了伯莱塔 M92F 手枪。

“你说你追随我多年，我怎么对你一点印象都没有？”

“老板你见多了美女，哪会对我这种姿色平平的有印象。”圣女果先生用伪声在说话，听上去就像一个娇滴滴的女孩子。

女貌男身的他，瓜子般的脸庞化着清淡的妆，五官轮廓相当小巧，加上女性的穿着打扮，很难被看出来其实是男性。

但为了力求万无一失，在血腥玛丽小姐的授意下，他早已服用雌性激素类药物。

去过泰国的人都知道，在街头你根本分不清人妖和女人的区别。同样，本就足以以假乱真的圣女果先生，在服用雌激素后，更是消除了一切男性特征。甚至喉结都消失了，皮肤变得更加细嫩有光泽，无论从哪个角度审视都与女性无二。

“你说是火龙果先生让你来接我的？”

“是啊，要不然我怎么会有他的车钥匙。”

神秘果先生怕有诈，还特地给火龙果先生打了电话，可一直无人接听。他哪知道，火龙果先生已经被血腥玛丽小姐放倒在地了。

“他有没有说什么事让他走不开？”

“警方把他带走了，毕竟明面上是他组织的这场比赛。”圣女果先生随口编造了一个谎言。

神秘果先生没来得及剃胡子，稀疏的胡须如同黑色的脆松枝遍布上唇，显得有些颓废。

“龙眼先生忽然发神经袭警，引起这么大的事故，定是黑布林先生指示的。”神秘果先生冷哼，“等风波过去，我再去收拾他。”

他的计划很简单，先到祖辈所在的乡村避避风头，关注一下事态的发展。正好也借此机会瞅瞅底下的人哪些是效忠黑布林先生的，一旦这些反贼们浮出水面，他就会让网络推手立刻展开行动。那样背负人命的黑布林先生就会像个跳梁小丑一样，蹦跶不了几日就进局子了。

黑布林先生一进局子，他就会重返江城，让那些逆臣好看。而至于龙眼先生捅的娄子，大事化小小事化了并不难，毕竟这件事最主要负责人还是龙眼先生，只要把他法办了，剩下的罪责也没多少了。

这时的他，渐渐地放下了戒心，看待圣女果先生的眼神也没有那么多疑虑重重了，毕竟对方只是个手无缚鸡之力的“女孩子”，而自己又有枪，怎么都不会出问题。

圣女果先生一想到很快就能为自己妹妹报仇雪恨，就格外兴奋，脑中充满无数爆炸的烟花。

可当他从后视镜瞟见神秘果先生手中的伯莱塔 M92F，就决定不在车上动手。好不容易逮到这个复仇的机会，一定要力求稳妥，一击必中。

走钢丝的人都知道，最后几步反倒是最难走的，很多人就丧命于离终点几步的地方。

看似胜利在望，其实背后往往隐藏着巨大的陷阱。你看到终点线了，就差那几步就大功告成，结果灾厄出现，杀你个措手不及。

如果不是新闻播报，雪莉小姐根本不会相信，龙眼先生死了，和威士忌小姐一起葬身于大火之中。

新闻上是这样播报的，昨晚街头狂飙并袭警的三菱 LancerEVO 在“突围”成功后，忽然失控撞向一旁的加油站，轰然一声巨响后，焦热的破片纷纷四射。

龙眼先生和威士忌小姐以及后备箱那两百万美金，就这样蒸发在了熊熊燃烧的大火之中，不复存在。

抵达农村的神秘果先生，感到每分每秒都以一种冰川消融般的触感，缓缓流逝着。

农村对于锦衣玉食的神秘果先生而言，无异于地狱。

他第一次发现，自己藏匿的砖房看似有单独的厕所，甚至镶嵌着抽水马桶，可每当一按抽水阀，就会发现排泄物混着水一起流到了院墙外的地面上，臭味四处弥漫，无处躲藏。

原来，这里没有地下排水系统，所有现代化的设施只不过是摆设。

在这种环境下，神秘果先生的心情是焦虑、抑郁且孤独的。

唯一的慰藉，是记忆。

他有足够的东西可供回忆，比如那些盛宴、美酒、狂舞、飙车，爱与恨、谎言与背叛。

如此庞杂的记忆，好似一幅幅绚烂的油画，照亮了他的眼眸，一扫残酷的现实。

现在只有圣女果先生陪着他。苍白的灯光下，她的皮肤好似由最上等的羊脂白玉雕琢而成，而那精致的脸庞则恍若深蓝色的天鹅绒布，光耀夺目。

特别是她的臀，不大不小，圆翘、丰满，是神秘果先生最喜欢的那种类型。

神秘果先生看着她，呼吸与心跳逐渐急促起来，一种静电般刺刺麻麻的感觉涌上心头。

一路上，圣女果先生都在找机会下手，可无奈神秘果先生几乎枪不离手，加上和他又保持着安全距离，让他毫无机会。

可现在，机会来了。

圣女果先生穿着丝织薄纱的黑色衬衣与一条贴身的黑色包臀裙。黑色的直长发披在脑后，显得异常干练、清爽。

现在他正被神秘果先生拉入怀中，被他滚烫的目光注视着。

“有没有人告诉你，其实你特别的美?”神秘果先生抱着她，就像一个抱住浮板的落水者，获得了短暂的喘息。

“有啊，柳橙苏打小姐。”圣女果先生面容平静地说。在如此近的距离下，神秘果先生就算掏枪，也无济于事。

神秘果先生上扬的嘴角渗出微微的反感，“突然提她做什么?你有毛病吧。”

圣女果先生的眼神不寒而栗，就像充满阴冷色调的海平面。眼神的突变让神秘果先生胆战心惊，只因那目光带着决然的冰冷、肃杀与残酷，令他难以招架。

“请你记住，她是我妹妹，她是因你而死的!”圣女果先生每说一个字，神秘果先生就感到脚底猛然传来一阵阴寒，像针一样扎入他的五脏六腑。

感觉不对劲的神秘果先生快速从衣兜里掏出手枪，不料枪刚一掏出，就被圣女果先生一招夺走，丢到窗外去了。

目睹这一幕，神秘果先生倒也坦然，他直挺挺地站了起来。

“你以为没有枪，我就会怕你这个女……”话还没说完，他就被冰雹般的重拳击得节节败退。圣女果先生出拳快、准、狠，每击中神秘果先生一个部位，就是一阵剧痛锥心。

神秘果先生被打得七荤八素，脑袋里像是有无数气泡破裂了。

咏春，一种高效、凶狠、爆烈的杀人技术。当神秘果先生让自己和圣女果先生同处一室的时候，就间接地选择了死亡。

大家收到神秘果先生的死讯是一周之后的事了。

在神秘果先生下葬的当日，血腥玛丽小姐给自己抹上了口红。她的嘴唇柔嫩水灵，透着漂亮的玫瑰红。

随后她出门，从花店买了一大捧鸢尾花，搭出租车来到了医院。

这个时候的医院没什么人，持久的蝉鸣在静谧的小径周遭持续不断地聒噪。

她走进住院部，鼻息间全是一股消毒水的味道，怎么也驱不散。

幽深、笔直的走道上，横着几张病床，一些住不进病房的病人，拖着吊瓶绝望地躺在上面，目光死寂。

她走进一间 VIP 病房，里面只有一张病床。床上躺着一个幼童般美好的男人，那是她的男友，已不复存在的创世纪集团的少主。

“我帮你复仇了，神秘果先生……他死了。”她开始将整个计划娓娓道来，空旷的病房渐渐被她的声音填满。

她知道他已然是植物人，像木头一样无知无觉，可奇迹般地，她却能够感受到他内心深处散发出的喜悦气息。

“只是可惜了黑布林先生，他本该君临天下。”血腥玛丽小姐的表情像一朵枯萎掉的棉白色花朵，纹路渐次模糊，“哪想得到，神秘果先生还存有他杀人视频的备份，放在一网络推手那，等他一死，该视频就上传了。”

她走到窗前，深深地叹了一口气。

眼前是繁华的都市，绚烂的灯海。高楼大厦间，滋生着密密麻麻的人群，从高层望下去，他们就像是培养皿里繁殖的病毒，肆乱生长。

一轮明月，发出清辉，苍白地映射着风中的流云，以及血腥玛丽小姐怅惘的脸。

黑暗

无边

与你并肩

后记：水果先生与酒小姐

在家宅着码了一天字，不由想出去透透气。于是敲响了邻居奇异果先生的门，问他想不想一起出去走走，没想到一拍即合，我们就一同出门了。

头顶云层低垂，乌压压的一片，直到我们走出小区天空才露出了一片缝隙，将皎洁的月亮裸露出来。

“难得啊，居然还看得到月亮。”

“是啊，这几天雾霾挺严重的。”

大概是身处郊区的缘故，街道寂静得可怕，只有我俩的谈话声在死寂中划出几道尖利的划痕。

“你怎么一直不找女朋友呀？该不会喜欢男的吧？”行走在微暗的路灯下，我谈性渐浓。

“屁咧，我只是还没从前任的阴影中走出来而已！”他投给我无奈的语气和眼神。

他告诉我，他的前女友叫力娇小姐，是位职业模特。

“不过还得感谢她，自从被她甩了后，我运势忽然一下变好了，居然一跃成为知名画家！”他笑了笑，只不过这笑声没有任何填充物，十分空洞。

“有空给我说说你们的故事呗，正好我在搜集素材。”

“好啊，只要你不觉得无聊的话……”他话音渐弱，又恢复到了平日的状态，整个人就像一场浓得散不去的雾，阴冷、孤独。

我们继续走着，沉默了一段时间。这里实在是太安静了，无边无际的静谧让这里看上去就像空空荡荡的坟场。

这让我质疑自己为什么要把房子买在这种鬼地方，难道就是为了图一清静？

“咦，你看那广告牌下是不是躺着一个人呀？”奇异果先生指着前方的巨型广告牌说。

我眯着眼睛看了一下：“好像是喂！”

身为画家的奇异果先生果然观察力比我细致，如果不是经他提醒，我是绝不会发现那儿有个人的。

我们一路小跑过去发现那倒在地上的人居然我认识！

“这世界也太小了吧……”我揉揉眼睛，难以置信地说，“这不是火龙果先生吗？”

“火龙果先生？谁呀？”

“我也不太熟，只是受邀参加过他举办的几次派对而已。”我摇摇头，“他怎么会晕倒在这里？该不会被人打劫了吧。”

“大作家……你能不能先打 120 再推理？”

“呃……好。”

在医院折腾了一番后，火龙果先生总算苏醒了。他的目光仿佛白茫茫的大雾，显得混沌不清。

“我怎么会在这里？”

“我救了你。”我说，“你晕倒在路上了。”

“我的手机呢？”他皱了皱眉。

“不知道。”我耸耸肩。

他的样子实在是糟糕透顶，整个人散发出一种被人从悬崖上推下去，却永远持续下落的绝望感。

“能说说你昏倒时的感受不？”

他说他感到肌肉与血液的拉扯，骨骼的碎裂与疼痛的爆炸，每一口残喘的呼吸都像针扎般疼痛难耐。

他话音悠长，像是在哼一曲绵软的小调。

“还记得谁袭击的你不？”

“血腥玛丽小姐。”火龙果先生摇摇头，额头前垂下来的刘海有气无力地晃了晃，“我真没想到她这么厉害！”

Bloody Mary 酒吧我去过，老板血腥玛丽小姐自然我也是认识的，我可想象不出弱柳扶风的她一拳抡倒火龙果先生的景象。

“你大脑……受了点重创，还是休息一下再回忆比较好。”我诚恳地建议道。

“你不相信我？”火龙果先生震惊，随即又苦笑，“也是，血腥玛丽小姐行事如此周密，怎么可能让人怀疑到她。”

我说目前你还是静静地休养一下比较好，我就暂时告退了。

“你最近还写作吗？”

“当然写啊，这可是我的工作呢！”

“那我想给你提供一点素材。”火龙果先生停顿了片刻，安静得像夜游的风，“当然，你也可以当是我昏迷后梦见的，反正主角是血腥玛丽小姐。”

说实话，把他折腾到医院来，已经损耗了许多体力，我现在只想回家睡大觉。

“你的意思是说，你想给我讲一个故事？”

“是的。”

我望了望头顶上的白色灯管，发现它有些松动了。我在想它会不会脱离电线的牵引，重重地砸向火龙果先生？

“不过这个故事有点长，铺垫有点多，主角到很后面很后面才出场。”

我看了看时间，“那今天肯定讲不完了，这样吧，等你出院后，我们约个时间？”

“好啊。”他收起杂乱的思绪，“今晚的事谢谢了，关于120急救车的费用……”

“那个不急，下次听你讲故事的时候再给我吧！”我心里掠过深深的疲惫，如果不是因为火龙果先生经常邀请我参加派对，让我感到对他有所亏欠，我真是一刻也不想待在这里了。

我对医院有种天然的恐惧感，只不过从未对别人说起过。

出了医院，我看到奇异果先生正在院门口等着我。

“他没事吧？”

“没事，小问题。”我轻轻地拍了拍他的肩，“没想到拉你出来散散步，居然遇到这种事。”

“这说明你天生就是当作家的料，与故事有缘。”他抿嘴一笑，“既然现在都来到市中心了，要不去喝一杯？”

我本来想拒绝的，可实在不想扫他的兴，只好点头：“那你要答应我，不去酒吧去清吧，我要听你讲你和力娇小姐的故事。”

“行啊，就这样定了。”他开始拦车。

我是个喜欢听故事的人，因为我是一个喜欢写故事的人。我觉得以一个真实的事件做“内核”，故事的逻辑性就更稳妥。在此基础上再加工创作的话，心里会更安逸。况且人生如戏并不是一句矫情的话，有时电影里演的还不及现实故事精彩。

这些优秀的故事就潜藏在这座城市里，在高楼大厦间和我捉迷藏，它们碎成数以万计的小块，藏在千万人的眼角眉梢里，等着我一一去捕捉，一一去发掘，之后将它们炖成一锅好汤，献给读者。

这大概，就是我此生最大的追求与爱好吧。

图书在版编目(CIP)数据

永远东张西望　永远热泪盈眶/黄镜滔著．—武汉：武汉大学出版社，2016.6
水果先生和酒小姐
ISBN 978-7-307-17899-1
Ⅰ.永…　Ⅱ.黄…　Ⅲ.短篇小说—小说集—中国—当代　Ⅳ.I247.7
中国版本图书馆 CIP 数据核字(2016)第 114583 号

永远东张西望　永远热泪盈眶

作　　者：黄镜滔
责任编辑：聂勇军　张　璇
出版发行：**武汉大学出版社**　(430072　武昌　珞珈山)
(电子邮件：cbs22@whu.edu.cn 网址：www.wdp.com.cn)
印　　刷：武汉精一佳印刷有限公司

开　　本：880mm×1230mm　1/32　　印　　张：9　　字　　数：176 千字
版　　次：2016 年 6 月第 1 版　　印　　次：2016 年 6 月第 1 次印刷
书　　号：ISBN 978-7-307-17899-1
定　　价：38.00 元